TROIS CONTES

Paru dans Le Livre de Poche :

GUSTAVE FLAUBERT

Trois contes

PRÉFACE ET COMMENTAIRES
DE MAURICE BARDÈCHE

LE LIVRE DE POCHE

PRÉFACE

En un temps où l'exhibitionnisme est partout présent dans la littérature d'imagination, les *Trois Contes* de Flaubert paraissent des produits très étrangers à notre vitrine littéraire. Seuls, énigmatiques, inutiles, en « montre », comme les bocaux d'autrefois que les pharmaciens exposent, historiés et damassés comme eux, ils sont des « objets ». Et Flaubert a voulu qu'ils soient cela, qu'ils ne soient que cela. Ils ne répondent à aucune de nos questions sur l'homme, sur la société, sur l'histoire : et pourtant, ils sont, d'une certaine manière, insolites, et par là ils nous « interpellent » autant que les images provocantes de l'homme et les paysages irréels par lesquels les imagiers les plus agressifs de notre siècle ont essayé de nous arracher violemment à nos paisibles certitudes bourgeoises.

Les circonstances, l'abattement de Flaubert

qu'on trouvera décrits plus loin, expliquent
peut-être ce retour à l'absolu et à l'étrangeté de
l'art. Il avait même eu, tout d'abord, un projet
plus étrange encore, celui d'une « féerie » sentimentale, *Le Château des cœurs*, qu'il espérait voir
jouer sur la scène du Châtelet. Tels sont les
effets imprévus du découragement. Les *Trois
Contes* furent, eux aussi, une retraite, mais d'une
signification plus riche.

En détachant absolument l'œuvre de l'écrivain, Flaubert fait de l'écrivain, non pas un pur
artiste, mot vague, mais un artisan. Il le soumet
alors à la discipline, à la minutie, à la probité de
l'artisan : et il lui donne pour idéal, l'idéal de
l'artisan, la perfection. Ce sont bien des mots qui
caractérisent la manière de Flaubert : mais ils ne
la caractérisent pas complètement. Car un
roman n'est pas un objet : un roman est *lourd.*
Pour lui donner la vie, il faut autre chose que les
qualités d'un orfèvre. Le mouvement qui anime,
la tonalité qui imprègne, l'intérêt dramatique
appartiennent à une dynamique de la fabrication
que l'artisan ignore. Or, la longueur étant le propre du roman, Flaubert est amené à donner à ce
que nous pouvons appeler d'un mot de notre
temps, le *design* de l'œuvre, à la fois courbure,
mouvement, tonalité, une priorité qui l'emporte,
en réalité, sur les recettes précises de la perfection du détail. D'où l'importance de cette *teinte*
que Flaubert donne à chacun de ses grands
romans, mais qui réintroduit la pensée, c'est-
à-dire l'auteur : et qui aboutit ainsi, non seule-

ment à ne pas illustrer le principe posé par
Flaubert, mais à en montrer même le caractère
illusoire.

Ainsi *Madame Bovary* est un paysage nor-
mand, avec lumière normande, monotonie, gri-
saille, scènes de genre : un tableau de Manet,
mais servant de cadre à une provinciale du
XIXe siècle qui a trop lu Lamartine, Byron et Wal-
ter Scott. Alors l'auteur est-il absent, peut-il être
absent de cette description qui a un sens ?
Salammbô est un tableau de Delacroix, *La Tentation de saint Antoine* un cabinet de monstres :
mais cette évasion hors du temps présent, l'écra-
sement du présent par cette chevauchée d'hippo-
griffes et d'étalons galopant à travers l'impitoya-
ble et somptueuse histoire, cela aussi est compa-
raison, sarcasme, évasion hautaine : l'auteur
a-t-il le droit de dire alors qu'il n'est qu'un colo-
riste qui peint seulement de grandes figures sur
un paravent japonais ? Pas étonnant que tout
cela se termine par *L'Education sentimentale*,
avertissement qui ne fut pas compris des
contemporains et qui était beaucoup plus qu'une
« scène de la vie parisienne ». Ne pas se mettre
en scène est une règle du bon goût, mais cette
discrétion n'est qu'une attitude. L'écrivain ne
peut s'empêcher de juger, de s'indigner ou d'aimer et d'admirer, enfin d'être lui-même. Quelles
que soient ses précautions, c'est lui qui parle, et,
malgré les détours les plus déroutants, c'est
encore lui qu'on découvre.

Les *Trois Contes* semblent faire exception à

cette fatalité. Ils semblent n'être qu'un produit
artisanal, qu'aucune pensée, aucune intention
ne contaminent, et qui, à cause de cela, propo-
sent, surtout aux lecteurs de notre époque, les
réflexions que l'art, en tant que tel et non
comme support d'intentions, suscite.

En apparence, Flaubert, assis devant son tour,
modèle trois objets précieux, aussi inutiles au
siècle qu'un presse-papier, seulement beaux,
énigmatiques comme un presse-papier, poèmes.
Mais justement parce qu'ils sont poèmes, contenant une source secrète qui éveille en nous,
comme tout poème, un « double » inconnu de
nous-même. *Un Cœur simple* n'est que l'histoire
d'une âme avide d'attachement qui aboutit à un
fétichisme : mais en même temps, l'émotion, la
tendresse que le conte fait naître en nous, susci-
tent en nous non seulement la pitié pour les
humbles vies, mais comme une seconde vue, par
laquelle, comme dans une boule de cristal, nous
apercevons l'isolement de toute vie humaine,
l'absurdité des destins et ce seul recours que la
nature a mis en nous, ces antennes et tentacules
de la tendresse qui nous permettent, par l'imagination, d'avoir une part de bonheur dans une vie
qui semble nous refuser le bonheur. Autre
poème, la *Légende de saint Julien l'Hospitalier* :
celui-là nous entraîne vers l'irréel, vers une création imaginaire dans laquelle sont délivrés,
libres enfin, coursiers sans mors ni frein, nos
fantasmes d'allégresse, de férocité, de sacrifice,
de pureté, d'amour, grands oiseaux de nuit qui

ne prennent leur vol que dans les rêves éveillés que les poètes et les peintres font lever en nous par leur imagerie magique. *Hérodias,* même, retour des Barbares, cirque fermé comme une arène par les montagnes de Judée, cage où des fauves cruels, prudents, sournois, se côtoient et s'épient, odeur de ménagerie, de sang, de viandes, ouvre les vannes d'une autre rêverie, celle qui nous entraîne vers la découverte de l'animal humain, tel qu'il est lorsqu'il n'a pas été rodé par les civilisations qui polissent et émasculent.

Trois poèmes, trois objets, mais aussi étranges, aussi inquiétants que les paysages de Chirico ou les montages de Max Ernst, comme eux provoquant cette diplopie de l'imagination qui nous fait voir derrière la réalité qu'on décrit une autre réalité que nous découvrons obscurément en nous : le rôle même du poète. Et ici, objet de réflexion d'autant plus saisissant que nous repérons les apparentements de ces transpositions, *Madame Bovary, La Tentation de saint Antoine, Salammbô* et que nous entrevoyons en même temps ce qu'elles annoncent et sur quoi elles débouchent : les sensibilités nouvelles qui étaient en germe dans le pourrissement du romantisme, le sentiment de l'absurde, le surréalisme, le réquisitoire contre la civilisation : en somme, les grandes avenues littéraires du XXᵉ siècle.

C'est le paradoxe des *Trois Contes* : l'impersonnalité totale est enfin obtenue par une échap-

pée hors du temps, mais l'œuvre, par son éclairage, par son étrangeté, par elle-même, en
somme, provoque des rêveries guidées, secrète-
ment guidées, qui nous font approcher des riva-
ges où de grands oiseaux inquiétants, debout
dans la nuit, nous attendent. Et voilà pourquoi
les *Trois Contes* de Flaubert sont tout autre
chose que les *Lettres de mon moulin*.

MAURICE BARDÈCHE.

UN CŒUR SIMPLE

I

PENDANT un demi-siècle, les bourgeoises de Pont-l'Évêque envièrent à Mme Aubain sa servante Félicité.

Pour cent francs par an, elle faisait la cuisine et le ménage, cousait, lavait, repassait, savait brider un cheval, engraisser les volailles, battre le beurre, et resta fidèle à sa maîtresse, — qui cependant n'était pas une personne agréable.

Elle avait épousé un beau garçon sans fortune, mort au commencement de 1809, en lui laissant deux enfants très jeunes avec une quantité de dettes. Alors elle vendit ses immeubles, sauf la ferme de Toucques et la ferme de Geffosses, dont les rentes montaient à 5 000 francs tout au plus, et elle quitta sa maison de Saint-Melaine pour en habiter une autre moins dispendieuse, ayant appartenu à ses ancêtres et placée derrière les halles.

Cette maison, revêtue d'ardoises, se trouvait entre un passage et une ruelle aboutissant à la

rivière. Elle avait intérieurement des différences
de niveau qui faisaient trébucher. Un vestibule
étroit séparait la cuisine de la *salle* où Mme Aubain se tenait tout le long du jour, assise près
de la croisée dans un fauteuil de paille. Contre
le lambris, peint en blanc, s'alignaient
huit chaises d'acajou. Un vieux piano supportait, sous un baromètre, un tas pyramidal de
boîtes et de cartons. Deux bergères de tapisserie flanquaient la cheminée en marbre jaune et
de style Louis XV. La pendule, au milieu, représentait un temple de Vesta, — et tout l'appartement sentait un peu le moisi, car le plancher était plus bas que le jardin.

Au premier étage, il y avait d'abord la chambre de « Madame », très grande, tendue d'un
papier à fleurs pâles, et contenant le portrait
de « Monsieur » en costume de muscadin. Elle
communiquait avec une chambre plus petite,
où l'on voyait deux couchettes d'enfants, sans
matelas. Puis venait le salon, toujours fermé, et
rempli de meubles recouverts d'un drap. Ensuite un corridor menait à un cabinet d'études;
des livres et des paperasses garnissaient les
rayons d'une bibliothèque entourant de ses
trois côtés un large bureau de bois noir. Les
deux panneaux en retour disparaissaient sous
des dessins à la plume, des paysages à la goua-
che et des gravures d'Audran, souvenirs d'un
temps meilleur et d'un luxe évanoui. Une lucarne au second étage éclairait la chambre de
Félicité, ayant vue sur les prairies.

Elle se levait dès l'aube, pour ne pas manquer la messe, et travaillait jusqu'au soir sans interruption; puis, le dîner étant fini, la vaisselle en ordre et la porte bien close, elle enfouissait la bûche sous les cendres et s'endormait devant l'âtre, son rosaire à la main. Personne, dans les marchandages, ne montrait plus d'entêtement. Quant à la propreté, le poli de ses casseroles faisait le désespoir des autres servantes. Économe, elle mangeait avec lenteur, et recueillait du doigt sur la table les miettes de son pain, — un pain de douze livres, cuit exprès pour elle, et qui durait vingt jours.

En toute saison elle portait un mouchoir d'indienne fixé dans le dos par une épingle, un bonnet lui cachant les cheveux, des bas gris, un jupon rouge, et par-dessus sa camisole un tablier à bavette, comme les infirmières d'hôpital.

Son visage était maigre et sa voix aiguë. A vingt-cinq ans, on lui en donnait quarante. Dès la cinquantaine, elle ne marqua plus aucun âge; — et, toujours silencieuse, la taille droite et les gestes mesurés, semblait une femme en bois, fonctionnant d'une manière automatique.

II

ELLE avait eu, comme une autre, son histoire d'amour. Son père, un maçon, s'était tué en tombant d'un échafaudage. Puis sa mère mourut, ses sœurs se dispersèrent, un fermier la recueillit, et l'employa toute petite à garder les vaches dans la campagne. Elle grelottait sous des haillons, buvait à plat ventre l'eau des mares, à propos de rien était battue, et finalement fut chassée pour un vol de trente sols, qu'elle n'avait pas commis. Elle entra dans une autre ferme, y devint fille de basse-cour, et, comme elle plaisait aux patrons, ses camarades la jalousaient.

Un soir du mois d'août (elle avait alors dix-huit ans), ils l'entraînèrent à l'assemblée de Colleville. Tout de suite elle fut étourdie, stupéfaite par le tapage des ménétriers, les lumières dans les arbres, la bigarrure des costumes, les dentelles, les croix d'or, cette masse de monde sautant à la fois. Elle se tenait à l'écart modestement, quand un jeune homme d'apparence

cossue, et qui fumait sa pipe les deux coudes
sur le timon d'un banneau, vint l'inviter à la
danse. Il lui paya du cidre, du café, de la galette, un foulard, et, s'imaginant qu'elle le devinait, offrit de la reconduire. Au bord d'un
champ d'avoine, il la renversa brutalement. Elle
eut peur et se mit à crier. Il s'éloigna.

Un autre soir, sur la route de Beaumont, elle
voulut dépasser un grand chariot de foin qui
avançait lentement, et en frôlant les roues elle
reconnut Théodore.

Il l'aborda d'un air tranquille, disant qu'il
fallait tout pardonner, puisque c'était « la faute
de la boisson ».

Elle ne sut que répondre et avait envie de
s'enfuir.

Aussitôt il parla des récoltes et des notables
de la commune, car son père avait abandonné
Colleville pour la ferme des Écots, de sorte que
maintenant ils se trouvaient voisins. — « Ah ! »
dit-elle. Il ajouta qu'on désirait l'établir. Du
reste, il n'était pas pressé, et attendait une
femme à son goût. Elle baissa la tête. Alors il
lui demanda si elle pensait au mariage. Elle reprit, en souriant, que c'était mal de se moquer.
— « Mais non, je vous jure ! » et du bras gauche il lui entoura la taille; elle marchait soute-
nue par son étreinte; ils se ralentirent. Le vent
était mou, les étoiles brillaient, l'énorme charre-
tée de foin oscillait devant eux; et les quatre chevaux, en traînant leurs pas, soulevaient
de la poussière. Puis, sans commandement, ils

tournèrent à droite. Il l'embrassa encore une fois. Elle disparut dans l'ombre.

Théodore, la semaine suivante, en obtint des rendez-vous.

Ils se rencontraient au fond des cours, derrière un mur, sous un arbre isolé. Elle n'était pas innocente à la manière des demoiselles, — les animaux l'avaient instruite; — mais la raison et l'instinct de l'honneur l'empêchèrent de faillir. Cette résistance exaspéra l'amour de Théodore, si bien que pour le satisfaire (ou naïvement peut-être) il proposa de l'épouser. Elle hésitait à le croire. Il fit de grands serments.

Bientôt il avoua quelque chose de fâcheux : ses parents, l'année dernière, lui avaient acheté un homme; mais d'un jour à l'autre on pourrait le reprendre; l'idée de servir l'effrayait. Cette couardise fut pour Félicité une preuve de tendresse; la sienne en redoubla. Elle s'échappait la nuit, et, parvenue au rendez-vous, Théodore la torturait avec ses inquiétudes et ses instances.

Enfin, il annonça qu'il irait lui-même à la Préfecture prendre des informations, et les apporterait dimanche prochain entre onze heures et minuit.

Le moment arrivé, elle courut vers l'amoureux.

A sa place, elle trouva un de ses amis.

Il lui apprit qu'elle ne devait plus le revoir. Pour se garantir de la conscription, Théodore avait épousé une vieille femme très riche, Mme Lehoussais, de Toucques.

Ce fut un chagrin désordonné. Elle se jeta par terre, poussa des cris, appela le bon Dieu, et gémit toute seule dans la campagne jusqu'au soleil levant. Puis elle revint à la ferme, déclara son intention d'en partir; et, au bout du mois, ayant reçu ses comptes, elle enferma tout son petit bagage dans un mouchoir, et se rendit à Pont-l'Évêque.

Devant l'auberge, elle questionna une bourgeoise en capeline de veuve, et qui précisément cherchait une cuisinière. La jeune fille ne savait pas grand-chose, mais paraissait avoir tant de bonne volonté et si peu d'exigences, que Mme Aubain finit par dire :

— « Soit, je vous accepte ! »

Félicité, un quart d'heure après, était installée chez elle.

D'abord elle y vécut dans une sorte de tremblement que lui causaient « le genre de la maison » et le souvenir de « Monsieur », planant sur tout ! Paul et Virginie, l'un âgé de sept ans, l'autre de quatre à peine, lui semblaient formés d'une matière précieuse; elle les portait sur son dos comme un cheval, et Mme Aubain lui défendit de les baiser à chaque minute, ce qui la mortifia. Cependant elle se trouvait heureuse. La douceur du milieu avait fondu sa tristesse.

Tous les jeudis, des habitués venaient faire une partie de boston. Félicité préparait

d'avance les cartes et les chaufferettes. Ils arrivaient à huit heures bien juste, et se retiraient
avant le coup de onze.

Chaque lundi matin, le brocanteur qui logeait sous l'allée étalait par terre ses ferrailles.
Puis la ville se remplissait d'un bourdonnement
de voix, où se mêlaient des hennissements de
chevaux, des bêlements d'agneaux, des grogne-
ments de cochons, avec le bruit sec des carrio-
les dans la rue. Vers midi, au plus fort du marché, on voyait paraître sur le seuil un vieux
paysan de haute taille, la casquette en arrière,
le nez crochu, et qui était Robelin, le fermier
de Geffosses. Peu de temps après, — c'était Liébard, le fermier de Toucques, petit, rouge,
obèse, portant une veste grise et des houseaux
armés d'éperons.

Tous deux offraient à leur propriétaire des
poules ou des fromages. Félicité invariablement
déjouait leurs astuces; et ils s'en allaient pleins
de considération pour elle.

A des époques indéterminées, Mme Aubain
recevait la visite du marquis de Gremanville,
un de ses oncles, ruiné par la crapule et qui
vivait à Falaise sur le dernier lopin de ses terres. Il se présentait toujours à l'heure du déjeuner, avec un affreux caniche dont les pattes sa-
lissaient tous les meubles. Malgré ses efforts
pour paraître gentilhomme jusqu'à soulever
son chapeau chaque fois qu'il disait : « Feu
mon père », l'habitude l'entraînant, il se versait
à boire coup sur coup, et lâchait des gaillardises.

Félicité le poussait dehors poliment : « Vous en avez assez, Monsieur de Gremanville ! A une autre fois ! » Et elle refermait la porte.

Elle l'ouvrait avec plaisir devant M. Bourais, ancien avoué. Sa cravate blanche et sa calvitie, le jabot de sa chemise, son ample redingote brune, sa façon de priser en arrondissant le bras, tout son individu lui produisait ce trouble où nous jette le spectacle des hommes extraordinaires.

Comme il gérait les propriétés de « Madame », il s'enfermait avec elle pendant des heures dans le cabinet de « Monsieur », et craignait toujours de se compromettre, respectait infiniment la magistrature, avait des prétentions au latin.

Pour instruire les enfants d'une manière agréable, il leur fit cadeau d'une géographie en estampes. Elles représentaient différentes scènes du monde, des anthropophages coiffés de plumes, un singe enlevant une demoiselle, des Bédouins dans le désert, une baleine qu'on harponnait, etc.

Paul donna l'explication de ces gravures à Félicité. Ce fut même toute son éducation littéraire.

Celle des enfants était faite par Guyot, un pauvre diable employé à la Mairie, fameux pour sa belle main, et qui repassait son canif sur sa botte.

Quand le temps était clair, on s'en allait de bonne heure à la ferme de Geffosses.

La cour est en pente, la maison dans le milieu; et la mer, au loin, apparaît comme une
tache grise.

Félicité retirait de son cabas des tranches de
viande froide, et on déjeunait dans un appartement faisant suite à la laiterie. Il était le seul
reste d'une habitation de plaisance, maintenant
disparue. Le papier de la muraille en lambeaux
tremblait aux courants d'air. Mme Aubain penchait son front, accablée de souvenirs; les enfants n'osaient plus parler. « Mais jouez
donc ! » disait-elle; ils décampaient.

Paul montait dans la grange, attrapait des oiseaux, faisait des ricochets sur la mare, ou ta-
pait avec un bâton les grosses futailles qui ré-
sonnaient comme des tambours.

Virginie donnait à manger aux lapins, se précipitait pour cueillir des bluets, et la rapidité
de ses jambes découvrait ses petits pantalons
brodés.

Un soir d'automne, on s'en retourna par les
herbages.

La lune à son premier quartier éclairait une
partie du ciel, et un brouillard flottait comme
une écharpe sur les sinuosités de la Toucques.
Des bœufs, étendus au milieu du gazon, regardaient tranquillement ces quatre personnes passer. Dans la troisième pâture quelques-uns se
levèrent, puis se mirent en rond devant elles.
— « Ne craignez rien ! » dit Félicité; et, mur-
murant une sorte de complainte, elle flatta sur
l'échine celui qui se trouvait le plus près; il fit

volte-face, les autres l'imitèrent. Mais, quand
l'herbage suivant fut traversé, un beuglement
formidable s'éleva. C'était un taureau, que cachait le brouillard. Il avança vers les deux femmes. Mme Aubain allait courir. — « Non !
non ! moins vite ! » Elles pressaient le pas cependant, et entendaient par-derrière un souffle
sonore qui se rapprochait. Ses sabots, comme
des marteaux, battaient l'herbe de la prairie ;
voilà qu'il galopait maintenant ! Félicité se retourna, et elle arrachait à deux mains des plaques de terre qu'elle lui jetait dans les yeux. Il
baissait le mufle, secouait les cornes et tremblait de fureur en beuglant horriblement.
Mme Aubain, au bout de l'herbage avec ses
deux petits, cherchait éperdue comment franchir le haut bord. Félicité reculait toujours devant le taureau, et continuellement lançait des
mottes de gazon qui l'aveuglaient, tandis
qu'elle criait : — « Dépêchez-vous ! dépêchez-
vous ! »

Mme Aubain descendit le fossé, poussa Virginie, Paul ensuite, tomba plusieurs fois en tâchant de gravir le talus, et à force de courage y
parvint.

Le taureau avait acculé Félicité contre une
claire-voie ; sa bave lui rejaillissait à la figure,
une seconde de plus il l'éventrait. Elle eut le
temps de se couler entre deux barreaux, et la
grosse bête, toute surprise, s'arrêta.

Cet événement, pendant bien des années, fut
un sujet de conversation à Pont-l'Évêque. Féli-

cité n'en tira aucun orgueil, ne se doutant même pas qu'elle eût rien fait d'héroïque.

Virginie l'occupait exclusivement; — car, elle eut, à la suite de son effroi, une affection nerveuse, et M. Poupart, le docteur, conseilla les bains de mer de Trouville.

Dans ce temps-là, ils n'étaient pas fréquentés. Mme Aubain prit des renseignements, consulta Bourais, fit des préparatifs comme pour un long voyage.

Ses colis partirent la veille, dans la charrette de Liébard. Le lendemain, il amena deux chevaux dont l'un avait une selle de femme, munie d'un dossier de velours; et sur la croupe du second un manteau roulé formait une manière de siège. Mme Aubain y monta, derrière lui. Félicité se chargea de Virginie, et Paul enfourcha l'âne de M. Lechaptois, prêté sous la condition d'en avoir grand soin.

La route était si mauvaise que ses huit kilomètres exigèrent deux heures. Les chevaux enfonçaient jusqu'aux paturons dans la boue, et faisaient pour en sortir de brusques mouvements des hanches; ou bien ils butaient contre les ornières; d'autres fois, il leur fallait sauter. La jument de Liébard, à de certains endroits, s'arrêtait tout à coup. Il attendait patiemment qu'elle se remît en marche; et il parlait des personnes dont les propriétés bordaient la route, ajoutant à leur histoire des réflexions morales. Ainsi, au milieu de Toucques, comme on passait sous des fenêtres entourées de capu-

cines, il dit, avec un haussement d'épaules :
— « En voilà une Mme Lehoussais, qui au lieu
de prendre un jeune homme... » Félicité n'entendit pas le reste; les chevaux trottaient, l'âne
galopait; tous enfilèrent un sentier, une barrière tourna, deux garçons parurent, et l'on
descendit devant le purin, sur le seuil même de
la porte.

La mère Liébard, en apercevant sa maîtresse,
prodigua les démonstrations de joie. Elle lui
servit un déjeuner où il y avait un aloyau, des
tripes, du boudin, une fricassée de poulet, du
cidre mousseux, une tarte aux compotes et des
prunes à l'eau-de-vie, accompagnant le tout de
politesses à Madame qui paraissait en meilleure
santé, à Mademoiselle devenue « magnifique »,
à M. Paul singulièrement « forci », sans ou-
blier leurs grands-parents défunts que les Liébard avaient connus, étant au service de la famille depuis plusieurs générations. La ferme
avait, comme eux, un caractère d'ancienneté.
Les poutrelles du plafond étaient vermoulues,
les murailles noires de fumée, les carreaux gris
de poussière. Un dressoir en chêne supportait
toutes sortes d'ustensiles, des brocs, des assiet-
tes, des écuelles d'étain, des pièges à loup, des
forces pour les moutons; une seringue énorme
fit rire les enfants. Pas un arbre des trois cours
qui n'eût des champignons à sa base, ou dans
ses rameaux une touffe de gui. Le vent en avait
jeté bas plusieurs. Ils avaient repris par le milieu; et tous fléchissaient sous la quantité de

leurs pommes. Les toits de paille, pareils à du
velours brun et inégaux d'épaisseur, résistaient
aux plus fortes bourrasques. Cependant la char-
reterie tombait en ruine. Mme Aubain dit
qu'elle aviserait, et commanda de reharnacher
les bêtes.

On fut encore une demi-heure avant d'atteindre Trouville. La petite caravane mit pied à
terre pour passer les *Écores;* c'était une falaise
surplombant des bateaux; et trois minutes plus
tard, au bout du quai, on entra dans la cour
de l'*Agneau d'or,* chez la mère David.

Virginie, dès les premiers jours, se sentit
moins faible, résultat du changement d'air et
de l'action des bains. Elle les prenait en chemise, à défaut d'un costume; et sa bonne la
rhabillait dans une cabane de douanier qui servait aux baigneurs.

L'après-midi, on s'en allait avec l'âne au-delà
des Roches Noires, du côté d'Hennequeville.
Le sentier, d'abord, montait entre des terrains
vallonnés comme la pelouse d'un parc, puis
arrivait sur un plateau où alternaient des pâturages et des champs en labour. A la lisière
du chemin, dans le fouillis des ronces, des
houx se dressaient; çà et là, un grand arbre
mort faisait sur l'air bleu des zigzags avec ses
branches.

Presque toujours on se reposait dans un pré,
ayant Deauville à gauche, Le Havre à droite et en
face la pleine mer. Elle était brillante de soleil,
lisse comme un miroir, tellement douce qu'on

entendait à peine son murmure; des moineaux
cachés pépiaient, et la voûte immense du ciel recouvrait tout cela. Mme Aubain, assise, travaillait
à son ouvrage de couture; Virginie près d'elle
tressait des joncs; Félicité sarclait des fleurs de la-
vande; Paul, qui s'ennuyait, voulait partir.

D'autres fois, ayant passé la Toucques en bateau, ils cherchaient des coquilles. La marée
basse laissait à découvert des oursins, des gode-
fiches, des méduses; et les enfants couraient,
pour saisir des flocons d'écume que le vent emportait. Les flots endormis, en tombant sur le
sable, se déroulaient le long de la grève; elle
s'étendait à perte de vue, mais du côté de la
terre avait pour limite les dunes la séparant du
Marais, large prairie en forme d'hippodrome.
Quand ils revenaient par là, Trouville, au fond
sur la pente du coteau, à chaque pas grandissait, et avec toutes ses maisons inégales semblait s'épanouir dans un désordre gai.

Les jours qu'il faisait trop chaud, ils ne sortaient pas de leur chambre. L'éblouissante
clarté du dehors plaquait des barres de lumière
entre les lames des jalousies. Aucun bruit dans
le village. En bas, sur le trottoir, personne. Ce
silence épandu augmentait la tranquillité des
choses. Au loin, les marteaux des calfats tam-
ponnaient des carènes, et une brise lourde apportait la senteur du goudron.

Le principal divertissement était le retour des
barques. Dès qu'elles avaient dépassé les bali-
ses, elles commençaient à louvoyer. Leurs voiles

descendaient aux deux tiers des mâts; et, la misaine gonflée comme un ballon, elles avançaient, glissaient dans le clapotement des vagues, jusqu'au milieu du port, où l'ancre tout à coup tombait. Ensuite le bateau se plaçait contre le quai. Les matelots jetaient par-dessus le bordage des poissons palpitants; une file de charrettes les attendait, et des femmes en bonnet de coton s'élançaient pour prendre les corbeilles et embrasser leurs hommes.

Une d'elles, un jour, aborda Félicité, qui peu de temps après entra dans la chambre, toute joyeuse. Elle avait retrouvé une sœur; et Nastasie Barette, femme Leroux, apparut, tenant un nourrisson à sa poitrine, de la main droite un autre enfant, et à sa gauche un petit mousse les poings sur les hanches et le béret sur l'oreille.

Au bout d'un quart d'heure, Mme Aubain la congédia.

On les rencontrait toujours aux abords de la cuisine, ou dans les promenades que l'on faisait. Le mari ne se montrait pas.

Félicité se prit d'affection pour eux. Elle leur acheta une couverture, des chemises, un fourneau; évidemment ils l'exploitaient. Cette faiblesse agaçait Mme Aubain, qui d'ailleurs n'aimait pas les familiarités du neveu, — car il tutoyait son fils; — et, comme Virginie toussait et que la saison n'était plus bonne, elle revint à Pont-l'Évêque.

M. Bourais l'éclaira sur le choix d'un collège. Celui de Caen passait pour le meilleur. Paul y

fut envoyé; et fit bravement ses adieux, satisfait
d'aller vivre dans une maison où il aurait des
camarades.

Mme Aubain se résigna à l'éloignement de
son fils, parce qu'il était indispensable. Virginie
y songea de moins en moins. Félicité regrettait
son tapage. Mais une occupation vint la distraire; à partir de Noël, elle mena tous les
jours la petite fille au catéchisme.

QUAND elle avait fait à la porte une génu-
flexion, elle s'avançait sous la haute nef entre la
double ligne des chaises, ouvrait le banc de
Mme Aubain, s'asseyait, et promenait ses yeux
autour d'elle.

Les garçons à droite, les filles à gauche, emplissaient les stalles du chœur; le curé se tenait
debout près du lutrin; sur un vitrail de l'ab-
side, le Saint-Esprit dominait la Vierge; un autre la montrait à genoux devant l'Enfant-Jésus,
et, derrière le tabernacle, un groupe en bois représentait saint Michel terrassant le dragon.

Le prêtre fit d'abord un abrégé de l'Histoire
sainte. Elle croyait voir le paradis, le déluge, la
tour de Babel, des villes en flammes, des peuples qui mouraient, des idoles renversées; et
elle garda de cet éblouissement le respect du
Très-Haut et la crainte de sa colère. Puis, elle
pleura en écoutant la Passion. Pourquoi
l'avaient-ils crucifié, lui qui chérissait les en-

fants, nourrissait les foules, guérissait les aveu-
gles, et avait voulu, par douceur, naître au milieu des pauvres, sur le fumier d'une étable ?
Les semailles, les moissons, les pressoirs, toutes
ces choses familières dont parle l'Évangile, se
trouvaient dans sa vie; le passage de Dieu les
avait sanctifiées; et elle aima plus tendrement
les agneaux par amour de l'Agneau, les colombes à cause du Saint-Esprit.

Elle avait peine à imaginer sa personne; car
il n'était pas seulement oiseau, mais encore un
feu, et d'autres fois un souffle. C'est peut-être
sa lumière qui voltige la nuit aux bords des ma-
récages, son haleine qui pousse les nuées, sa
voix qui rend les cloches harmonieuses; et elle
demeurait dans une adoration, jouissant de la
fraîcheur des murs et de la tranquillité de
l'église.

Quant aux dogmes, elle n'y comprenait rien,
ne tâcha même pas de comprendre. Le curé
discourait, les enfants récitaient, elle finissait
par s'endormir; et se réveillait tout à coup,
quand ils faisaient en s'en allant claquer leurs
sabots sur les dalles.

Ce fut de cette manière, à force de l'entendre, qu'elle apprit le catéchisme, son éducation
religieuse ayant été négligée dans sa jeunesse;
et dès lors elle imita toutes les pratiques de
Virginie, jeûnait comme elle, se confessait avec
elle. A la Fête-Dieu, elles firent ensemble un reposoir.

La première communion la tourmentait

d'avance. Elle s'agita pour les souliers, pour le
chapelet, pour le livre, pour les gants. Avec
quel tremblement elle aida sa mère à l'habil-
ler !

Pendant toute la messe, elle éprouva une angoisse. M. Bourais lui cachait un côté du
chœur; mais juste en face, le troupeau des vierges portant des couronnes blanches par-dessus
leurs voiles abaissés formait comme un champ
de neige; et elle reconnaissait de loin la chère
petite à son cou plus mignon et à son attitude
recueillie. La cloche tinta. Les têtes se courbè-
rent; il y eut un silence. Aux éclats de l'orgue,
les chantres et la foule entonnèrent l'*Agnus Dei;*
puis le défilé des garçons commença; et, après
eux, les filles se levèrent. Pas à pas, et les
mains jointes, elles allaient vers l'autel tout illu-
miné, s'agenouillaient sur la première marche,
recevaient l'hostie successivement, et dans le
même ordre revenaient à leurs prie-Dieu.
Quand ce fut le tour de Virginie, Félicité se
pencha pour la voir; et, avec l'imagination que
donnent les vraies tendresses, il lui sembla
qu'elle était elle-même cette enfant; sa figure
devenait la sienne, sa robe l'habillait, son cœur
lui battait dans la poitrine; au moment d'ouvrir la bouche, en fermant les paupières, elle
manqua s'évanouir.

Le lendemain, de bonne heure, elle se présenta dans la sacristie, pour que M. le curé lui
donnât la communion. Elle la reçut dévote-
ment, mais n'y goûta pas les mêmes délices.

Mme Aubain voulait faire de sa fille une personne accomplie; et, comme Guyot ne pouvait
lui montrer ni l'anglais ni la musique, elle résolut de la mettre en pension chez les Ursulines
d'Honfleur.

L'enfant n'objecta rien. Félicité soupirait,
trouvant Madame insensible. Puis elle songea
que sa maîtresse, peut-être, avait raison. Ces
choses dépassaient sa compétence.

Enfin, un jour, une vieille tapissière s'arrêta
devant la porte; et il en descendit une religieuse qui venait chercher Mademoiselle. Félicité monta les bagages sur l'impériale, fit des
recommandations au cocher, et plaça dans le
coffre six pots de confiture et une douzaine de
poires, avec un bouquet de violettes.

Virginie, au dernier moment, fut prise d'un
grand sanglot; elle embrassait sa mère qui la
baisait au front en répétant : — « Allons ! du
courage ! du courage ! » Le marchepied se releva, la voiture partit.

Alors Mme Aubain eut une défaillance; et le
soir tous ses amis, le ménage Lormeau,
Mme Lechaptois, *ces* demoiselles Rochefeuille,
M. de Houppeville et Bourais se présentèrent
pour la consoler.

La privation de sa fille lui fut d'abord très
douloureuse. Mais trois fois la semaine elle en
recevait une lettre, les autres jours lui écrivait,
se promenait dans son jardin, lisait un peu, et
de cette façon comblait le vide des heures.

Le matin, par habitude, Félicité entrait dans

la chambre de Virginie, et regardait les murailles. Elle s'ennuyait de n'avoir plus à peigner
ses cheveux, à lui lacer ses bottines, à la border
dans son lit, — et de ne plus voir continuellement sa gentille figure, de ne plus la tenir par
la main quand elles sortaient ensemble. Dans
son désœuvrement, elle essaya de faire de la
dentelle. Ses doigts trop lourds cassaient les
fils; elle n'entendait à rien, avait perdu le som-
meil, suivant son mot, était « minée ».

Pour « se dissiper », elle demanda la permission de recevoir son neveu Victor.

Il arrivait le dimanche après la messe, les
joues roses, la poitrine nue, et sentant l'odeur
de la campagne qu'il avait traversée. Tout de
suite, elle dressait son couvert. Ils déjeunaient
l'un en face de l'autre; et, mangeant elle-même
le moins possible pour épargner la dépense,
elle le bourrait tellement de nourriture qu'il finissait par s'endormir. Au premier coup des vêpres, elle le réveillait, brossait son pantalon,
nouait sa cravate, et se rendait à l'église, ap-
puyée sur son bras dans un orgueil maternel.

Ses parents le chargeaient toujours d'en tirer
quelque chose, soit un paquet de cassonade, du
savon, de l'eau-de-vie, parfois même de l'argent. Il apportait ses nippes à raccommoder; et
elle acceptait cette besogne, heureuse d'une occasion qui le forçait à revenir.

Au mois d'août, son père l'emmena au cabo-
tage.

C'était l'époque des vacances. L'arrivée des

enfants la consola. Mais Paul devenait capricieux, et Virginie n'avait plus l'âge d'être tutoyée, ce qui mettait une gêne, une barrière entre elles.

Victor alla successivement à Morlaix, à Dunkerque et à Brighton; au retour de chaque voyage, il lui offrait un cadeau. La première fois, ce fut une boîte en coquilles; la seconde, une tasse à café; la troisième, un grand bonhomme en pain d'épice. Il embellissait, avait la taille bien prise, un peu de moustache, de bons yeux francs, et un petit chapeau de cuir, placé en arrière comme un pilote. Il l'amusait en lui racontant des histoires mêlées de termes marins.

Un lundi, 14 juillet 1819 (elle n'oublia pas la date), Victor annonça qu'il était engagé au long cours, et, dans la nuit du surlendemain, par le paquebot de Honfleur, irait rejoindre sa goélette, qui devait démarrer du Havre prochainement. Il serait, peut-être, deux ans parti.

La perspective d'une telle absence désola Félicité; et pour lui dire encore adieu, le mercredi soir, après le dîner de Madame, elle chaussa des galoches, et avala les quatre lieues qui séparent Pont-l'Évêque de Honfleur.

Quand elle fut devant le Calvaire, au lieu de prendre à gauche, elle prit à droite, se perdit dans des chantiers, revint sur ses pas; des gens qu'elle accosta l'engagèrent à se hâter. Elle fit le tour du bassin rempli de navires, se heurtait contre des amarres; puis le terrain s'abaissa,

des lumières s'entrecroisèrent, et elle se crut
folle, en apercevant des chevaux dans le ciel.

Au bord du quai, d'autres hennissaient, ef-
frayés par la mer. Un palan qui les enlevait les
descendait dans un bateau, où des voyageurs se
bousculaient entre les barriques de cidre, les
paniers de fromage, les sacs de grain; on entendait chanter des poules, le capitaine jurait; et un
mousse restait accoudé sur le bossoir, indifférent
à tout cela. Félicité, qui ne l'avait pas reconnu,
criait : « Victor ! » Il leva la tête; elle s'élançait,
quand on retira l'échelle tout à coup.

Le paquebot, que des femmes halaient en
chantant, sortit du port. Sa membrure craquait,
les vagues pesantes fouettaient sa proue. La
voile avait tourné, on ne vit plus personne;
— et, sur la mer argentée par la lune, il faisait
une tache noire qui pâlissait toujours, s'enfonça, disparut.

Félicité, en passant près du Calvaire, voulut
recommander à Dieu ce qu'elle chérissait le
plus; et elle pria pendant longtemps, debout,
la face baignée de pleurs, les yeux vers les nuages. La ville dormait, des douaniers se promenaient; et de l'eau tombait sans discontinuer
par les trous de l'écluse, avec un bruit de torrent. Deux heures sonnèrent.

Le parloir n'ouvrirait pas avant le jour. Un
retard, bien sûr, contrarierait Madame; et, malgré son désir d'embrasser l'autre enfant, elle
s'en retourna. Les filles de l'auberge s'éveil-
laient, comme elle entrait dans Pont-l'Évêque.

Le pauvre gamin durant des mois allait donc rouler sur les flots ! Ses précédents voyages ne l'avaient pas effrayé. De l'Angleterre et de la Bretagne, on revenait; mais l'Amérique, les Colonies, les Iles, cela était perdu dans une région incertaine, à l'autre bout du monde.

Dès lors, Félicité pensa exclusivement à son neveu. Les jours de soleil, elle se tourmentait de la soif; quand il faisait de l'orage, craignait pour lui la foudre. En écoutant le vent qui grondait dans la cheminée et emportait les ardoises, elle le voyait battu par cette même tempête, au sommet d'un mât fracassé, tout le corps en arrière, sous une nappe d'écume; ou bien, — souvenirs de la géographie en estampes, — il était mangé par les sauvages, pris dans un bois par des singes, se mourait le long d'une plage déserte. Et jamais elle ne parlait de ses inquiétudes.

Mme Aubain en avait d'autres sur sa fille.

Les bonnes sœurs trouvaient qu'elle était affectueuse, mais délicate. La moindre émotion l'énervait. Il fallut abandonner le piano.

Sa mère exigeait du couvent une correspondance réglée. Un matin que le facteur n'était pas venu, elle s'impatienta; et elle marchait dans la salle, de son fauteuil à la fenêtre. C'était vraiment extraordinaire ! depuis quatre jours, pas de nouvelles !

Pour qu'elle se consolât par son exemple, Félicité lui dit :

— « Moi, Madame, voilà six mois que je n'en ai reçu !... »

— « De qui donc ?... »

La servante répliqua doucement :

— « Mais... de mon neveu ! »

— « Ah ! votre neveu ! » Et, haussant les épaules, Mme Aubain reprit sa promenade, ce qui voulait dire : « Je n'y pensais pas !... Au surplus, je m'en moque ! un mousse, un gueux, belle affaire !... tandis que ma fille... Songez donc !... »

Félicité, bien que nourrie dans la rudesse, fut indignée contre Madame, puis oublia.

Il lui paraissait tout simple de perdre la tête à l'occasion de la petite.

Les deux enfants avaient une importance égale; un lien de son cœur les unissait, et leurs destinées devaient être la même.

Le pharmacien lui apprit que le bateau de Victor était arrivé à La Havane. Il avait lu ce renseignement dans une gazette.

À cause des cigares, elle imaginait La Havane un pays où l'on ne fait pas autre chose que de fumer, et Victor circulait parmi les nègres dans un nuage de tabac. Pouvait-on « en cas de besoin » s'en retourner par terre ? A quelle distance était-ce de Pont-l'Évêque ? Pour le savoir, elle interrogea M. Bourais.

Il atteignit son atlas, puis commença des explications sur les longitudes; et il avait un beau sourire de cuistre devant l'ahurissement de Félicité. Enfin, avec son porte-crayon, il indiqua dans les découpures d'une tache ovale un point noir, imperceptible, en ajoutant : « Voici. »

Elle se pencha sur la carte; ce réseau de lignes coloriées fatiguait sa vue, sans lui rien apprendre; et Bourais l'invitant à dire ce qui l'embarrassait, elle le pria de lui montrer la maison où demeurait Victor. Bourais leva les bras, il éternua, rit énormément; une candeur pareille excitait sa joie; et Félicité n'en comprenait pas le motif, — elle qui s'attendait peut-être à voir jusqu'au portrait de son neveu, tant son intelligence était bornée !

Ce fut quinze jours après que Liébard, à l'heure du marché comme d'habitude, entra dans la cuisine, et lui remit une lettre qu'envoyait son beau-frère. Ne sachant lire aucun des deux, elle eut recours à sa maîtresse.

Mme Aubain, qui comptait les mailles d'un tricot, le posa près d'elle, décacheta la lettre, tressaillit, et, d'une voix basse, avec un regard profond :

— « C'est un malheur... qu'on vous annonce. Votre neveu... »

Il était mort. On n'en disait pas davantage.

Félicité tomba sur une chaise, en s'appuyant la tête à la cloison, et ferma ses paupières, qui devinrent roses tout à coup. Puis, le front baissé, les mains pendantes, l'œil fixe, elle répétait par intervalles :

— « Pauvre petit gars ! pauvre petit gars ! »

Liébard la considérait en exhalant des soupirs. Mme Aubain tremblait un peu.

Elle lui proposa d'aller voir sa sœur, à Trouville.

Félicité répondit, par un geste, qu'elle n'en avait pas besoin.

Il y eut un silence. Le bonhomme Liébard jugea convenable de se retirer.

Alors elle dit :

— « Ça ne leur fait rien, à eux ! »

Sa tête retomba; et machinalement elle soulevait, de temps à autre, les longues aiguilles sur la table à ouvrage.

Des femmes passèrent dans la cour avec un bard d'où dégouttelait du linge.

En les apercevant par les carreaux, elle se rappela sa lessive; l'ayant coulée la veille, il fallait aujourd'hui la rincer; et elle sortit de l'appartement.

Sa planche et son tonneau étaient au bord de la Toucques. Elle jeta sur la berge un tas de chemises, retroussa ses manches, prit son battoir; et les coups forts qu'elle donnait s'entendaient dans les autres jardins à côté. Les prairies étaient vides, le vent agitait la rivière; au fond, de grandes herbes s'y penchaient, comme des chevelures de cadavres flottant dans l'eau. Elle retenait sa douleur, jusqu'au soir fut très brave; mais, dans sa chambre, elle s'y abandonna, à plat ventre sur son matelas, le visage dans l'oreiller, et les deux poings contre les tempes.

Beaucoup plus tard, par le capitaine de Victor lui-même, elle connut les circonstances de sa fin. On l'avait trop saigné à l'hôpital, pour la fièvre jaune. Quatre médecins le tenaient à la fois. Il était mort immédiatement, et le chef avait dit :

— « Bon ! encore un ! »

Ses parents l'avaient toujours traité avec barbarie. Elle aima mieux ne pas les revoir; et ils ne firent aucune avance, par oubli, ou endurcissement de misérables.

Virginie s'affaiblissait.

Des oppressions, de la toux, une fièvre continuelle et des marbrures aux pommettes décelaient quelque affection profonde. M. Poupart avait conseillé un séjour en Provence. Mme Aubain s'y décida, et eût tout de suite repris sa fille à la maison, sans le climat de Pont-l'Évêque.

Elle fit un arrangement avec un loueur de voitures, qui la menait au couvent chaque mardi. Il y a dans le jardin une terrasse d'où l'on découvre la Seine. Virginie s'y promenait à son bras, sur les feuilles de pampre tombées. Quelquefois le soleil traversant les nuages la forçait à cligner ses paupières, pendant qu'elle regardait les voiles au loin et tout l'horizon, depuis le château de Tancarville jusqu'aux phares du Havre. Ensuite on se reposait sous la tonnelle. Sa mère s'était procuré un petit fût d'excellent vin de Malaga; et, riant à l'idée d'être grise, elle en buvait deux doigts, pas davantage.

Ses forces reparurent. L'automne s'écoula doucement. Félicité rassurait Mme Aubain. Mais, un soir qu'elle avait été aux environs faire une course, elle rencontra devant la porte le cabriolet de M. Poupart; et il était dans le vestibule. Mme Aubain nouait son chapeau.

— « Donnez-moi ma chaufferette, ma bourse, mes gants; plus vite donc ! »

Virginie avait une fluxion de poitrine; c'était peut-être désespéré.

— « Pas encore ! » dit le médecin; et tous deux montèrent dans la voiture, sous des flocons de neige qui tourbillonnaient. La nuit allait venir. Il faisait très froid.

Félicité se précipita dans l'église, pour allumer un cierge. Puis elle courut après le cabriolet, qu'elle rejoignit une heure plus tard, sauta légèrement par-derrière, où elle se tenait aux torsades, quand une réflexion lui vint : « La cour n'était pas fermée ! si des voleurs s'introduisaient ? » Et elle descendit.

Le lendemain, dès l'aube, elle se présenta chez le docteur. Il était rentré, et reparti à la campagne. Puis elle resta dans l'auberge, croyant que des inconnus apporteraient une lettre. Enfin, au petit jour, elle prit la diligence de Lisieux.

Le couvent se trouvait au fond d'une ruelle escarpée. Vers le milieu, elle entendit des sons étranges, un glas de mort. « C'est pour d'autres », pensa-t-elle; et Félicité tira violemment le marteau.

Au bout de plusieurs minutes, des savates se traînèrent, la porte s'entrebâilla, et une religieuse parut.

La bonne sœur avec un air de componction dit qu'« elle venait de passer ». En même temps, le glas de Saint-Léonard redoublait.

Félicité parvint au second étage.

Dès le seuil de la chambre, elle aperçut Virginie étalée sur le dos, les mains jointes, la bouche ouverte, et la tête en arrière sous une croix noire s'inclinant vers elle, entre les rideaux immobiles, moins pâles que sa figure. Mme Aubain, au pied de la couche qu'elle tenait dans ses bras, poussait des hoquets d'agonie. La supérieure était debout, à droite. Trois chandeliers sur la commode faisaient des taches rouges, et le brouillard blanchissait les fenêtres. Des religieuses emportèrent Mme Aubain.

Pendant deux nuits, Félicité ne quitta pas la morte. Elle répétait les mêmes prières, jetait de l'eau bénite sur les draps, revenait s'asseoir, et la contemplait. A la fin de la première veille, elle remarqua que la figure avait jauni, les lèvres bleuirent, le nez se pinçait, les yeux s'enfonçaient. Elle les baisa plusieurs fois; et n'eût pas éprouvé un immense étonnement si Virginie les eût rouverts; pour de pareilles âmes le surnaturel est tout simple. Elle fit sa toilette, l'enveloppa de son linceul, la descendit dans sa bière, lui posa une couronne, étala ses cheveux. Ils étaient blonds, et extraordinaires de longueur à son âge. Félicité en coupa une grosse mèche, dont elle glissa la moitié dans sa poitrine, résolue à ne jamais s'en dessaisir.

Le corps fut ramené à Pont-l'Évêque, suivant les intentions de Mme Aubain, qui suivait le corbillard, dans une voiture fermée.

Après la messe, il fallut encore trois quarts

d'heure pour atteindre le cimetière. Paul marchait en tête et sanglotait. M. Bourais était
derrière, ensuite les principaux habitants, les
femmes, couvertes de mantes noires, et Félicité. Elle songeait à son neveu, et, n'ayant
pu lui rendre ces honneurs, avait un surcroît
de tristesse, comme si on l'eût enterré avec
l'autre.

Le désespoir de Mme Aubain fut illimité.

D'abord elle se révolta contre Dieu, le trouvant injuste de lui avoir pris sa fille — elle qui
n'avait jamais fait de mal, et dont la conscience
était si pure ! Mais non ! elle aurait dû l'emporter dans le Midi. D'autres docteurs l'auraient sauvée ! Elle s'accusait, voulait la rejoindre, criait en détresse au milieu de ses rêves.
Un, surtout, l'obsédait. Son mari, costumé
comme un matelot, revenait d'un long voyage,
et lui disait en pleurant qu'il avait reçu l'ordre
d'emmener Virginie. Alors ils se concertaient
pour découvrir une cachette quelque part.

Une fois, elle rentra du jardin, bouleversée.
Tout à l'heure (elle montrait l'endroit) le père
et la fille lui étaient apparus l'un auprès de
l'autre, et ils ne faisaient rien; ils la regardaient.

Pendant plusieurs mois, elle resta dans sa
chambre, inerte. Félicité la sermonnait doucement; il fallait se conserver pour son fils, et
pour l'autre, en souvenir « d'elle ».

— « Elle ? » reprenait Mme Aubain, comme
se réveillant. « Ah ! oui !... oui !... Vous ne

l'oubliez pas ! » Allusion au cimetière, qu'on lui avait scrupuleusement défendu.

Félicité tous les jours s'y rendait.

A quatre heures précises, elle passait au bord des maisons, montait la côte, ouvrait la barrière, et arrivait devant la tombe de Virginie. C'était une petite colonne de marbre rose, avec une dalle dans le bas, et des chaînes autour enfermant un jardinet. Les plates-bandes disparaissaient sous une couverture de fleurs. Elle arrosait leurs feuilles, renouvelait le sable, se mettait à genoux pour mieux labourer la terre. Mme Aubain, quand elle put y venir, en éprouva un soulagement, une espèce de consolation.

Puis des années s'écoulèrent, toutes pareilles et sans autres épisodes que le retour des grandes fêtes : Pâques, l'Assomption, la Toussaint. Des événements intérieurs faisaient une date, où l'on se reportait plus tard. Ainsi, en 1825, deux vitriers badigeonnèrent le vestibule; en 1827, une portion du toit, tombant dans la cour, faillit tuer un homme. L'été de 1828, ce fut à Madame d'offrir le pain bénit; Bourais, vers cette époque, s'absenta mystérieusement; et les anciennes connaissances peu à peu s'en allèrent : Guyot, Liébard, Mme Lechaptois, Robelin, l'oncle Gremanville, paralysé depuis longtemps.

Une nuit, le conducteur de la malle-poste annonça dans Pont-l'Évêque la Révolution de Juillet. Un sous-préfet nouveau, peu de jours après, fut nommé : le baron de Larsonnière, ex-consul en Amérique, et qui avait chez lui,

outre sa femme, sa belle-sœur avec trois demoiselles, assez grandes déjà. On les apercevait sur
leur gazon, habillées de blouses flottantes; elles
possédaient un nègre et un perroquet.
Mme Aubain eut leur visite, et ne manqua pas
de la rendre. Du plus loin qu'elles paraissaient,
Félicité accourait pour la prévenir. Mais une
chose était seule capable de l'émouvoir, les lettres de son fils.

Il ne pouvait suivre aucune carrière, étant ab-
sorbé dans les estaminets. Elle lui payait ses
dettes; il en refaisait d'autres; et les soupirs
que poussait Mme Aubain, en tricotant près de
la fenêtre, arrivaient à Félicité, qui tournait son
rouet dans la cuisine.

Elles se promenaient ensemble le long de
l'espalier; et causaient toujours de Virginie, se
demandant si telle chose lui aurait plu, en telle
occasion ce qu'elle eût dit probablement.

Toutes ses petites affaires occupaient un placard dans la chambre à deux lits. Mme Aubain
les inspectait le moins souvent possible. Un
jour d'été, elle se résigna; et des papillons s'en-
volèrent de l'armoire.

Ses robes étaient en ligne sous une planche
où il y avait trois poupées, des cerceaux, un
ménage, la cuvette qui lui servait. Elles retirèrent également les jupons, les bas, les mou-
choirs, et les étendirent sur les deux couches,
avant de les replier. Le soleil éclairait ces pauvres objets, en faisait voir les taches, et des plis
formés par les mouvements du corps. L'air

était chaud et bleu, un merle gazouillait, tout
semblait vivre dans une douceur profonde. Elles retrouvèrent un petit chapeau de peluche, à
longs poils, couleur marron; mais il était tout
mangé de vermine. Félicité le réclama pour
elle-même. Leurs yeux se fixèrent l'une sur l'autre, s'emplirent de larmes; enfin la maîtresse
ouvrit ses bras, la servante s'y jeta; et elles
s'étreignirent, satisfaisant leur douleur dans un
baiser qui les égalisait.

C'était la première fois de leur vie, Mme Aubain n'étant pas d'une nature expansive. Félicité lui en fut reconnaissante comme d'un bien-
fait, et désormais la chérit avec un dévouement
bestial et une vénération religieuse.

La bonté de son cœur se développa.

Quand elle entendait dans la rue les tambours d'un régiment en marche, elle se mettait
devant la porte avec une cruche de cidre, et offrait à boire aux soldats. Elle soigna des cholé-
riques. Elle protégeait les Polonais; et même il
y en eut un qui déclarait la vouloir épouser.
Mais ils se fâchèrent; car un matin, en rentrant
de l'angélus, elle le trouva dans sa cuisine, où
il s'était introduit, et accommodé une vinai-
grette qu'il mangeait tranquillement.

Après les Polonais, ce fut le père Colmiche,
un vieillard passant pour avoir fait des hor-
reurs en 93. Il vivait au bord de la rivière,
dans les décombres d'une porcherie. Les gamins le regardaient par les fentes du mur, et
lui jetaient des cailloux qui tombaient sur son

grabat, où il gisait, continuellement secoué par un catarrhe, avec des cheveux très longs, les paupières enflammées, et au bras une tumeur plus grosse que sa tête. Elle lui procura du linge, tâcha de nettoyer son bouge, rêvait à l'établir dans le fournil, sans qu'il gênât Madame. Quand le cancer eut crevé, elle le pansa tous les jours, quelquefois lui apportait de la galette, le plaçait au soleil sur une botte de paille; et le pauvre vieux, en bavant et en tremblant, la remerciait de sa voix éteinte, craignait de la perdre, allongeait les mains dès qu'il la voyait s'éloigner. Il mourut; elle fit dire une messe pour le repos de son âme.

Ce jour-là, il lui advint un grand bonheur : au moment du dîner, le nègre de Mme de Larsonnière se présenta, tenant le perroquet dans sa cage, avec le bâton, la chaîne et le cadenas. Un billet de la baronne annonçait à Mme Aubain que, son mari étant élevé à une préfecture, ils partaient le soir; et elle la priait d'accepter cet oiseau, comme un souvenir, et en témoignage de ses respects.

Il occupait depuis longtemps l'imagination de Félicité, car il venait d'Amérique; et ce mot lui rappelait Victor, si bien qu'elle s'en informait auprès du nègre. Une fois même elle avait dit : — « C'est Madame qui serait heureuse de l'avoir ! »

Le nègre avait redit le propos à sa maîtresse, qui, ne pouvant l'emmener, s'en débarrassait de cette façon.

IV

Il s'appelait Loulou. Son corps était vert, le bout de ses ailes roses, son front bleu, et sa gorge dorée.

Mais il avait la fatigante manie de mordre son bâton, s'arrachait les plumes, éparpillait ses ordures, répandait l'eau de sa baignoire; Mme Aubain, qu'il ennuyait, le donna pour toujours à Félicité.

Elle entreprit de l'instruire; bientôt il répéta : « Charmant garçon ! Serviteur, monsieur ! Je vous salue, Marie ! » Il était placé auprès de la porte, et plusieurs s'étonnaient qu'il ne répondît pas au nom de Jacquot, puisque tous les perroquets s'appellent Jacquot. On le comparait à une dinde, à une bûche : autant de coups de poignard pour Félicité ! Étrange obstination de Loulou, ne parlant plus du moment qu'on le regardait !

Néanmoins il recherchait la compagnie; car le dimanche, pendant que *ces* demoiselles Rochefeuille, monsieur de Houppeville et de nou-

veaux habitués : Onfroy l'apothicaire, monsieur Varin et le capitaine Mathieu, faisaient
leur partie de cartes, il cognait les vitres avec
ses ailes, et se démenait si furieusement qu'il
était impossible de s'entendre.

La figure de Bourais, sans doute, lui paraissait très drôle. Dès qu'il l'apercevait, il commençait à rire, à rire de toutes ses forces. Les
éclats de sa voix bondissaient dans la cour,
l'écho les répétait, les voisins se mettaient à
leurs fenêtres, riaient aussi; et, pour n'être pas
vu du perroquet, M. Bourais se coulait le long
du mur, en dissimulant son profil avec son chapeau, atteignait la rivière, puis entrait par la
porte du jardin; et les regards qu'il envoyait à
l'oiseau manquaient de tendresse.

Loulou avait reçu du garçon boucher une
chiquenaude, s'étant permis d'enfoncer la tête
dans sa corbeille; et depuis lors il tâchait toujours de le pincer à travers sa chemise. Fabu
menaçait de lui tordre le cou, bien qu'il ne fût
pas cruel, malgré le tatouage de ses bras et ses
gros favoris. Au contraire ! il avait plutôt du
penchant pour le perroquet, jusqu'à vouloir,
par humeur joviale, lui apprendre des jurons.
Félicité, que ces manières effrayaient, le plaça
dans la cuisine. Sa chaînette fut retirée, et il circulait par la maison.

Quand il descendait l'escalier, il appuyait sur
les marches la courbe de son bec, levait la
patte droite, puis la gauche; et elle avait peur
qu'une telle gymnastique ne lui causât des

étourdissements. Il devint malade, ne pouvant plus parler ni manger. C'était sous sa langue une épaisseur, comme en ont les poules quelquefois. Elle le guérit, en arrachant cette pellicule avec ses ongles. M. Paul, un jour, eut l'imprudence de lui souffler aux narines la fumée d'un cigare; une autre fois que Mme Lormeau l'agaçait du bout de son ombrelle, il en happa la virole; enfin, il se perdit.

Elle l'avait posé sur l'herbe pour le rafraîchir, s'absenta une minute; et, quand elle revint, plus de perroquet ! D'abord elle le chercha dans les buissons, au bord de l'eau et sur les toits, sans écouter sa maîtresse qui lui criait : — « Prenez donc garde ! vous êtes folle ! » Ensuite elle inspecta tous les jardins de Pont-l'Évêque; et elle arrêtait les passants : — « Vous n'auriez pas vu, quelquefois, par hasard, mon perroquet ? » A ceux qui ne connaissaient pas le perroquet, elle en faisait la description. Tout à coup, elle crut distinguer derrière les moulins, au bas de la côte, une chose verte qui voltigeait. Mais au haut de la côte, rien ! Un porte-balle lui affirma qu'il l'avait rencontré tout à l'heure, à Melaine, dans la boutique de la mère Simon. Elle y courut. On ne savait pas ce qu'elle voulait dire. Enfin elle rentra, épuisée, les savates en lambeaux, la mort dans l'âme; et, assise au milieu du banc, près de Madame, elle racontait toutes ses démarches, quand un poids léger lui tomba sur 'épaule, Loulou ! Que diable avait-il fait ?

Peut-être qu'il s'était promené aux environs!

Elle eut du mal à s'en remettrè, ou plutôt ne s'en remit jamais.

Par suite d'un refroidissement, il lui vint une angine; peu de temps après, un mal d'oreilles. Trois ans plus tard, elle était sourde; et elle parlait très haut, même à l'église. Bien que ses péchés auraient pu sans déshonneur pour elle, ni inconvénient pour le monde, se répandre à tous les coins du diocèse, M. le curé jugea convenable de ne plus recevoir sa confession que dans la sacristie.

Des bourdonnements illusoires achevaient de la troubler. Souvent sa maîtresse lui disait : — « Mon Dieu ! comme vous êtes bête ! » elle répliquait : — « Oui, Madame », en cherchant quelque chose autour d'elle.

Le petit cercle de ses idées se rétrécit encore, et le carillon des cloches, le mugissement des bœufs, n'existaient plus. Tous les êtres fonctionnaient avec le silence des fantômes. Un seul bruit arrivait maintenant à ses oreilles, la voix du perroquet.

Comme pour la distraire, il reproduisait le tic-tac du tournebroche, l'appel aigu d'un vendeur de poisson, la scie du menuisier qui logeait en face; et, aux coups de la sonnette, imitait Mme Aubain, — « Félicité ! la porte ! la porte ! »

Ils avaient des dialogues, lui, débitant à satiété les trois phrases de son répertoire, et elle, y répondant par des mots sans plus de suite, mais où son cœur s'épanchait. Loulou, dans son isolement, était presque un fils, un amoureux. Il escaladait ses doigts, mordillait ses lèvres, se cramponnait à son fichu; et, comme elle penchait son front en branlant la tête à la manière des nourrices, les grandes ailes du bonnet et les ailes de l'oiseau frémissaient ensemble.

Quand des nuages s'amoncelaient et que le tonnerre grondait, il poussait des cris, se rappelant peut-être les ondées de ses forêts natales. Le ruissellement de l'eau excitait son délire; il voletait, éperdu, montait au plafond, renversait tout, et par la fenêtre allait barboter dans le jardin; mais revenait vite sur un des chenets, et, sautillant pour sécher ses plumes, montrait tantôt sa queue, tantôt son bec.

Un matin du terrible hiver de 1837, qu'elle l'avait mis devant la cheminée, à cause du froid, elle le trouva mort, au milieu de sa cage, la tête en bas, et les ongles dans les fils de fer. Une congestion l'avait tué, sans doute ? Elle crut à un empoisonnement par le persil; et, malgré l'absence de toutes preuves, ses soupçons portèrent sur Fabu.

Elle pleura tellement que sa maîtresse lui dit : — « Eh bien ! faites-le empailler ! »

Elle demanda conseil au pharmacien, qui avait toujours été bon pour le perroquet.

Il écrivit au Havre. Un certain Fellacher se chargea de cette besogne. Mais, comme la diligence égarait parfois les colis, elle résolut de le porter elle-même jusqu'à Honfleur.

Les pommiers sans feuilles se succédaient aux
bords de la route. De la glace couvrait les fossés. Des chiens aboyaient autour des fermes; et
les mains sous son mantelet, avec ses petits sabots noirs et son cabas, elle marchait prestement, sur le milieu du pavé.

Elle traversa la forêt, dépassa le Haut-Chêne,
atteignit Saint-Gatien.

Derrière elle, dans un nuage de poussière et
emportée par la descente, une malle-poste au
grand galop se précipitait comme une trombe.
En voyant cette femme qui ne se dérangeait
pas, le conducteur se dressa par-dessus la ca-
pote, et le postillon criait aussi, pendant que
ses quatre chevaux qu'il ne pouvait retenir ac-
céléraient leur train; les deux premiers la frôlaient; d'une secousse de ses guides, il les jeta
dans le débord, mais furieux releva le bras, et
à pleine volée, avec son grand fouet, lui cingla
du ventre au chignon un tel coup qu'elle
tomba sur le dos.

Son premier geste, quand elle reprit connaissance, fut d'ouvrir son panier. Loulou n'avait
rien, heureusement. Elle sentit une brûlure à la
joue droite; ses mains qu'elle y porta étaient
rouges. Le sang coulait.

Elle s'assit sur un mètre de cailloux, se tam-
ponna le visage avec son mouchoir, puis elle
mangea une croûte de pain, mise dans son panier par précaution, et se consolait de sa bles-
sure en regardant l'oiseau.

Arrivée au sommet d'Ecquemauville, elle

aperçut les lumières de Honfleur qui scintil-
laient dans la nuit comme une quantité d'étoiles ; la mer, plus loin, s'étalait confusément.
Alors une faiblesse l'arrêta ; et la misère de son
enfance, la déception du premier amour, le départ de son neveu, la mort de Virginie, comme
les flots d'une marée, revinrent à la fois, et, lui
montant à la gorge, l'étouffaient.

Puis elle voulut parler au capitaine du bateau ; et, sans dire ce qu'elle envoyait, lui fit des
recommandations.

Fellacher garda longtemps le perroquet. Il le
promettait toujours pour la semaine prochaine ;
au bout de six mois, il annonça le départ
d'une caisse ; et il n'en fut plus question.
C'était à croire que jamais Loulou ne reviendrait. « Ils me l'auront volé ! » pensait-elle.

Enfin il arriva, — et splendide, droit sur une
branche d'arbre, qui se vissait dans un socle
d'acajou, une patte en l'air, la tête oblique, et
mordant une noix, que l'empailleur par amour
du grandiose avait dorée.

Elle l'enferma dans sa chambre.

Cet endroit, où elle admettait peu de monde,
avait l'air tout à la fois d'une chapelle et d'un
bazar, tant il contenait d'objets religieux et de
choses hétéroclites.

Une grande armoire gênait pour ouvrir la
porte. En face de la fenêtre surplombant le jardin, un œil-de-bœuf regardait la cour ; une table, près du lit de sangle, supportait un pot à
l'eau, deux peignes, et un cube de savon bleu

dans une assiette ébréchée. On voyait contre les murs : des chapelets, des médailles, plusieurs bonnes Vierges, un bénitier en noix de coco; sur la commode, couverte d'un drap comme un autel, la boîte en coquillages que lui avait donnée Victor; puis un arrosoir et un ballon, des cahiers d'écriture, la géographie en estampes, une paire de bottines; et au clou du miroir, accroché par ses rubans, le petit chapeau de peluche ! Félicité poussait même ce genre de respect si loin, qu'elle conservait une des redingotes de Monsieur. Toutes les vieilleries dont ne voulait plus Mme Aubain, elle les prenait pour sa chambre. C'est ainsi qu'il y avait des fleurs artificielles au bord de la commode, et le portrait du comte d'Artois dans l'enfoncement de la lucarne.

Au moyen d'une planchette, Loulou fut établi sur un corps de cheminée qui avançait dans l'appartement. Chaque matin, en s'éveillant, elle l'apercevait à la clarté de l'aube, et se rappelait alors les jours disparus, et d'insignifiantes actions jusqu'en leurs moindres détails, sans douleur, pleine de tranquillité.

Ne communiquant avec personne, elle vivait dans une torpeur de somnambule. Les processions de la Fête-Dieu la ranimaient. Elle allait quêter chez les voisines des flambeaux et des paillassons, afin d'embellir le reposoir que l'on dressait dans la rue.

A l'église, elle contemplait toujours le Saint-Esprit, et observa qu'il avait quelque chose du perroquet. Sa ressemblance lui parut encore plus manifeste sur une image d'Épinal, représentant le baptême de Notre-Seigneur. Avec ses ailes de pourpre et son corps d'émeraude, c'était vraiment le portrait de Loulou.

L'ayant acheté, elle le suspendit à la place du comte d'Artois, — de sorte que, du même coup d'œil, elle les voyait ensemble. Ils s'associèrent dans sa pensée, le perroquet se trouvant sanctifié par ce rapport avec le Saint-Esprit, qui devenait plus vivant à ses yeux et intelligible. Le Père, pour s'énoncer, n'avait pu choisir une colombe, puisque ces bêtes-là n'ont pas de voix, mais plutôt un des ancêtres de Loulou. Et Félicité priait en regardant l'image, mais de temps à autre se tournait un peu vers l'oiseau.

Elle eut envie de se mettre dans les demoiselles de la Vierge. Mme Aubain l'en dissuada.

Un événement considérable surgit : le mariage de Paul.

Après avoir été d'abord clerc de notaire, puis dans le commerce, dans la douane, dans les contributions, et même avoir commencé des démarches pour les eaux et forêts, à trente-six ans, tout à coup, par une inspiration du Ciel, il avait découvert sa voie : l'enregistrement ! et y montrait de si hautes facultés qu'un vérificateur lui avait offert sa fille, en lui promettant sa protection.

Paul, devenu sérieux, l'amena chez sa mère.

Elle dénigra les usages de Pont-l'Évêque, fit

la princesse, blessa Félicité. Mme Aubain, à son départ, sentit un allégement.

La semaine suivante, on apprit la mort de M. Bourais, en basse Bretagne, dans une auberge. La rumeur d'un suicide se confirma; des doutes s'élevèrent sur sa probité. Mme Aubain étudia ses comptes, et ne tarda pas à connaître la kyrielle de ses noirceurs : détournements d'arrérages, ventes de bois dissimulées, fausses quittances, etc. De plus, il avait un enfant naturel, et « des relations avec une personne de Dozulé ».

Ces turpitudes l'affligèrent beaucoup. Au mois de mars 1853, elle fut prise d'une douleur dans la poitrine; sa langue paraissait couverte de fumée, les sangsues ne calmèrent pas l'oppression; et le neuvième soir elle expira, ayant juste soixante-douze ans.

On la croyait moins vieille à cause de ses cheveux bruns, dont les bandeaux entouraient sa figure blême, marquée de petite vérole. Peu d'amis la regrettèrent, ses façons étant d'une hauteur qui éloignait.

Félicité la pleura, comme on ne pleure pas les maîtres. Que Madame mourût avant elle, cela troublait ses idées, lui semblait contraire à l'ordre des choses, inadmissible et monstrueux.

Dix jours après (le temps d'accourir de Besançon), les héritiers survinrent. La bru fouilla les tiroirs, choisit des meubles, vendit les autres, puis ils regagnèrent l'enregistrement.

Le fauteuil de Madame, son guéridon, sa

chaufferette, les huit chaises, étaient partis ! La
place des gravures se dessinait en carrés jaunes
au milieu des cloisons. Ils avaient emporté les
deux couchettes, avec leurs matelas, et dans le
placard on ne voyait plus rien de toutes les affaires de Virginie ! Félicité remonta les étages,
ivre de tristesse.

Le lendemain il y avait sur la porte une affi-
che; l'apothicaire lui cria dans l'oreille que la
maison était à vendre.

Elle chancela, et fut obligée de s'asseoir.

Ce qui la désolait principalement, c'était
d'abandonner sa chambre, — si commode pour
le pauvre Loulou. En l'enveloppant d'un regard d'angoisse, elle implorait le Saint-Esprit,
et contracta l'habitude idolâtre de dire ses orai-
sons agenouillée devant le perroquet. Quelquefois, le soleil entrant par la lucarne frappait
son œil de verre, et en faisait jaillir un grand
rayon lumineux qui la mettait en extase.

Elle avait une rente de trois cent quatre-
vingts francs, léguée par sa maîtresse. Le jardin
lui fournissait des légumes. Quant aux habits,
elle possédait de quoi se vêtir jusqu'à la fin de
ses jours, et épargnait l'éclairage en se cou-
chant dès le crépuscule.

Elle ne sortait guère, afin d'éviter la boutique
du brocanteur, où s'étalaient quelques-uns des
anciens meubles. Depuis son étourdissement, elle
traînait une jambe; et, ses forces diminuant,
la mère Simon, ruinée dans l'épicerie, venait
tous les matins fendre son bois et pomper de l'eau.

Ses yeux s'affaiblirent. Les persiennes n'ouvraient plus. Bien des années se passèrent. Et la maison ne se louait pas, et ne se vendait pas.

Dans la crainte qu'on ne la renvoyât, Félicité ne demandait aucune réparation. Les lattes du toit pourrissaient; pendant tout un hiver son traversin fut mouillé. Après Pâques, elle cracha du sang.

Alors la mère Simon eut recours à un docteur. Félicité voulut savoir ce qu'elle avait. Mais, trop sourde pour entendre, un seul mot lui parvint : « Pneumonie ». Il lui était connu, et elle répliqua doucement : — « Ah ! comme Madame », trouvant naturel de suivre sa maîtresse.

Le moment des reposoirs approchait.

Le premier était toujours au bas de la côte, le second devant la poste, le troisième vers le milieu de la rue. Il y eut des rivalités à propos de celui-là; et les paroissiennes choisirent finalement la cour de Mme Aubain.

Les oppressions et la fièvre augmentaient. Félicité se chagrinait de ne rien faire pour le reposoir. Au moins, si elle avait pu y mettre quelque chose ! Alors elle songea au perroquet. Ce n'était pas convenable, objectèrent les voisines. Mais le curé accorda cette permission; elle en fut tellement heureuse qu'elle le pria d'accepter, quand elle serait morte, Loulou, sa seule richesse.

Du mardi au samedi, veille de la Fête-Dieu, elle toussa plus fréquemment. Le soir son visage était grippé, ses lèvres se collaient à ses gencives, des vomissements parurent; et le lendemain, au petit jour, se sentant très bas, elle fit appeler un prêtre.

Trois bonnes femmes l'entouraient pendant l'extrême-onction. Puis elle déclara qu'elle avait besoin de parler à Fabu.

Il arriva en toilette des dimanches, mal à son aise dans cette atmosphère lugubre.

— « Pardonnez-moi », dit-elle avec un effort pour étendre le bras, « je croyais que c'était vous qui l'aviez tué ! »

Que signifiaient des potins pareils ? L'avoir soupçonné d'un meurtre, un homme comme lui ! et il s'indignait, allait faire du tapage. — « Elle n'a plus sa tête, vous voyez bien ! »

Félicité de temps à autre parlait à des ombres. Les bonnes femmes s'éloignèrent. La Simonne déjeuna.

Un peu plus tard, elle prit Loulou, et, l'approchant de Félicité :

— « Allons ! dites-lui adieu ! »

Bien qu'il ne fût pas un cadavre, les vers le dévoraient; une de ses ailes était cassée, l'étoupe lui sortait du ventre. Mais, aveugle à présent, elle le baisa au front, et le gardait contre sa joue. La Simonne le reprit, pour le mettre sur le reposoir.

V

Les herbages envoyaient l'odeur de l'été; des mouches bourdonnaient; le soleil faisait luire la rivière, chauffait les ardoises. La mère Simon, revenue dans la chambre, s'endormait doucement.

Des coups de cloche la réveillèrent; on sortait des vêpres. Le délire de Félicité tomba. En songeant à la procession, elle la voyait, comme si elle l'eût suivie.

Tous les enfants des écoles, les chantres et les pompiers marchaient sur les trottoirs, tandis qu'au milieu de la rue, s'avançaient premièrement : le suisse armé de sa hallebarde, le bedeau avec une grande croix, l'instituteur surveillant les gamins, la religieuse inquiète de ses petites filles; trois des plus mignonnes, frisées comme des anges, jetaient dans l'air des pétales de roses; le diacre, les bras écartés, modérait la musique; et deux encenseurs se retournaient à chaque pas vers le Saint-Sacrement, que portait, sous un dais de velours ponceau tenu par quatre fabriciens,

M. le curé, dans sa belle chasuble. Un flot de monde se poussait derrière, entre les nappes blanches couvrant le mur des maisons; et l'on arriva au bas de la côte.

Une sueur froide mouillait les tempes de Félicité. La Simonne l'épongeait avec un linge, en se disant qu'un jour il lui faudrait passer par là.

Le murmure de la foule grossit, fut un moment très fort, s'éloignait.

Une fusillade ébranla les carreaux. C'était les postillons saluant l'ostensoir. Félicité roula ses prunelles, et elle dit, le moins bas qu'elle put :

— « Est-il bien ? » tourmentée du perroquet.

Son agonie commença. Un râle, de plus en plus précipité, lui soulevait les côtes. Des bouillons d'écume venaient aux coins de sa bouche, et tout son corps tremblait.

Bientôt, on distingua le ronflement des ophicléides, les voix claires des enfants, la voix profonde des hommes. Tout se taisait par intervalles, et le battement des pas, que des fleurs amortissaient, faisait le bruit d'un troupeau sur du gazon.

Le clergé parut dans la cour. La Simonne grimpa sur une chaise pour atteindre à l'œil-de-bœuf, et de cette manière dominait le reposoir.

Des guirlandes vertes pendaient sur l'autel, orné d'un falbala en point d'Angleterre. Il y avait au milieu un petit cadre enfermant des reliques, deux orangers dans les angles, et, tout

le long, des flambeaux d'argent et des vases en
porcelaine, d'où s'élançaient des tournesols, des
lis, des pivoines, des digitales, des touffes
d'hortensias. Ce monceau de couleurs éclatantes
descendait obliquement, du premier étage jusqu'au tapis se prolongeant sur les pavés; et des
choses rares tiraient les yeux. Un sucrier de vermeil avait une couronne de violettes, des pendeloques en pierres d'Alençon brillaient sur de
la mousse, deux écrans chinois montraient leurs
paysages. Loulou, caché sous des roses, ne laissait voir que son front bleu, pareil à une plaque de lapis.

Les fabriciens, les chantres, les enfants se ran-
gèrent sur les trois côtés de la cour. Le prêtre
gravit lentement les marches, et posa sur la
dentelle son grand soleil d'or qui rayonnait.
Tous s'agenouillèrent. Il se fit un grand silence.
Et les encensoirs, allant à pleine volée, glissaient sur leurs chaînettes.

Une vapeur d'azur monta dans la chambre
de Félicité. Elle avança les narines, en la hu-
mant avec une sensualité mystique; puis ferma
les paupières. Ses lèvres souriaient. Les mouvements de son cœur se ralentirent un à un, plus
vagues chaque fois, plus doux, comme une fontaine s'épuise, comme un écho disparaît; et,
quand elle exhala son dernier souffle, elle crut
voir, dans les cieux entrouverts, un perroquet
gigantesque, planant au-dessus de sa tête.

LA LÉGENDE DE
SAINT JULIEN L'HOSPITALIER

I

Le père et la mère de Julien habitaient un château, au milieu des bois, sur la pente d'une
colline.

Les quatre tours aux angles avaient des toits
pointus recouverts d'écailles de plomb, et la
base des murs s'appuyait sur les quartiers de
rocs, qui dévalaient abruptement jusqu'au fond
des douves.

Les pavés de la cour étaient nets comme le
dallage d'une église. De longues gouttières, fi-
gurant des dragons la gueule en bas, crachaient
l'eau des pluies vers la citerne; et sur le bord
des fenêtres, à tous les étages, dans un pot
d'argile peinte, un basilic ou un héliotrope
s'épanouissait.

Une seconde enceinte, faite de pieux, comprenait d'abord un verger d'arbres à fruits, ensuite un parterre où des combinaisons de fleurs
dessinaient des chiffres, puis une treille avec
des berceaux pour prendre le frais, et un jeu

de mail qui servait au divertissement des pages.
De l'autre côté se trouvaient le chenil, les écuries, la boulangerie, le pressoir et les granges.
Un pâturage de gazon vert se développait tout
autour, enclos lui-même d'une forte haie d'épines.

On vivait en paix depuis si longtemps que la
herse ne s'abaissait plus; les fossés étaient
pleins d'eau; des hirondelles faisaient leur nid
dans la fente des créneaux; et l'archer qui tout
le long du jour se promenait sur la courtine,
dès que le soleil brillait trop fort rentrait dans
l'échauguette, et s'endormait comme un moine.

A l'intérieur, les ferrures partout reluisaient;
des tapisseries dans les chambres protégeaient
du froid; et les armoires regorgeaient de linge,
les tonnes de vin s'empilaient dans les celliers,
les coffres de chêne craquaient sous le poids
des sacs d'argent.

On voyait dans la salle d'armes, entre des
étendards et des mufles de bêtes fauves, des
armes de tous les temps et de toutes les na-
tions, depuis les frondes des Amalécites et les
javelots des Garamantes jusqu'aux braquemarts
des Sarrasins et aux cottes de mailles des Nor-
mands.

La maîtresse broche de la cuisine pouvait
faire tourner un bœuf; la chapelle était somptueuse comme l'oratoire d'un roi. Il y avait
même, dans un endroit écarté, une étuve à la
romaine; mais le bon seigneur s'en privait, esti-
mant que c'est un usage des idolâtres.

Toujours enveloppé d'une pelisse de renard, il se promenait dans sa maison, rendait la justice à ses vassaux, apaisait les querelles de ses voisins. Pendant l'hiver, il regardait les flocons de neige tomber, ou se faisait lire des histoires. Dès les premiers beaux jours, il s'en allait sur sa mule le long des petits chemins, au bord des blés qui verdoyaient, et causait avec les manants, auxquels il donnait des conseils. Après beaucoup d'aventures, il avait pris pour femme une demoiselle de haut lignage.

Elle était très blanche, un peu fière et sérieuse. Les cornes de son hennin frôlaient le linteau des portes; la queue de sa robe de drap traînait de trois pas derrière elle. Son domestique était réglé comme l'intérieur d'un monastère; chaque matin elle distribuait la besogne à ses servantes, surveillait les confitures et les onguents, filait à la quenouille ou brodait des nappes d'autel. A force de prier Dieu, il lui vint un fils.

Alors il y eut de grandes réjouissances, et un repas qui dura trois jours et quatre nuits, dans l'illumination des flambeaux, au son des harpes, sur des jonchées de feuillages. On y mangea les plus rares épices, avec des poules grosses comme des moutons; par divertissement, un nain sortit d'un pâté et, les écuelles ne suffisant plus, car la foule augmentait toujours, on fut obligé de boire dans les oliphants et dans les casques.

La nouvelle accouchée n'assista pas à ces fê-

tes. Elle se tenait dans son lit, tranquillement.
Un soir, elle se réveilla, et elle aperçut, sous un
rayon de la lune qui entrait par la fenêtre,
comme une ombre mouvante. C'était un vieillard en froc de bure, avec un chapelet au côté,
une besace sur l'épaule, toute l'apparence d'un
ermite. Il s'approcha de son chevet et lui dit,
sans desserrer les lèvres :

— « Réjouis-toi, ô mère ! ton fils sera un
saint ! »

Elle allait crier; mais, glissant sur le rais de
la lune, il s'éleva dans l'air doucement, puis
disparut. Les chants du banquet éclatèrent plus
fort. Elle entendit les voix des anges; et sa tête
retomba sur l'oreiller, que dominait un os de
martyr dans un cadre d'escarboucles.

Le lendemain, tous les serviteurs interrogés
déclarèrent qu'ils n'avaient pas vu d'ermite.
Songe ou réalité, cela devait être une commu-
nication du ciel; mais elle eut soin de n'en
rien dire, ayant peur qu'on ne l'accusât d'orgueil.

Les convives s'en allèrent au petit jour; et le
père de Julien se trouvait en dehors de la
poterne, où il venait de reconduire le
dernier, quand tout à coup un mendiant se
dressa devant lui, dans le brouillard. C'était
un Bohême à barbe tressée, avec des anneaux
d'argent aux deux bras et les prunelles flam-
boyantes. Il bégaya d'un air inspiré ces mots
sans suite :

— « Ah ! ah ! ton fils !... beaucoup de

sang !... beaucoup de gloire !... toujours heureux ! La famille d'un empereur. »

Et, se baissant pour ramasser son aumône, il
se perdit dans l'herbe, s'évanouit.

Le bon châtelain regarda de droite et de gauche, appela tant qu'il put. Personne ! Le vent
sifflait, les brumes du matin s'envolaient.

Il attribua cette vision à la fatigue de sa tête
pour avoir trop peu dormi. « Si j'en parle, on
se moquera de moi », se dit-il. Cependant les
splendeurs destinées à son fils l'éblouissaient,
bien que la promesse n'en fût pas claire et
qu'il doutât même de l'avoir entendue.

Les époux se cachèrent leur secret. Mais tous
deux chérissaient l'enfant d'un pareil amour;
et, le respectant comme marqué de Dieu, ils
eurent pour sa personne des égards infinis. Sa
couchette était rembourrée du plus fin duvet;
une lampe en forme de colombe brûlait dessus,
continuellement; trois nourrices le berçaient; et,
bien serré dans ses langes, la mine rose et les
yeux bleus, avec son manteau de brocart et son
béguin chargé de perles, il ressemblait à un petit Jésus. Les dents lui poussèrent sans qu'il
pleurât une seule fois.

Quand il eut sept ans, sa mère lui apprit à
chanter. Pour le rendre courageux, son père le
hissa sur un gros cheval. L'enfant souriait
d'aise, et ne tarda pas à savoir tout ce qui con-
cerne les destriers.

Un vieux moine très savant lui enseigna
l'Écriture sainte, la numération des Arabes, les

lettres latines, et à faire sur le vélin des peintures mignonnes. Ils travaillaient ensemble, tout en haut d'une tourelle, à l'écart du bruit.

La leçon terminée, ils descendaient dans le jardin, où, se promenant pas à pas, ils étudiaient les fleurs.

Quelquefois on apercevait, cheminant au fond de la vallée, une file de bêtes de somme, conduites par un piéton, accoutré à l'orientale. Le châtelain, qui l'avait reconnu pour un marchand, expédiait vers lui un valet. L'étranger, prenant confiance, se détournait de sa route; et, introduit dans le parloir, il retirait de ses coffres des pièces de velours et de soie, des orfèvreries, des aromates, des choses singulières d'un usage inconnu; à la fin le bonhomme s'en allait, avec un gros profit, sans avoir enduré aucune violence. D'autres fois, une troupe de pèlerins frappait à la porte. Leurs habits mouillés fumaient devant l'âtre; et, quand ils étaient repus, ils racontaient leurs voyages : les erreurs des nefs sur la mer écumeuse, les marches à pied dans les sables brûlants, la férocité des païens, les cavernes de la Syrie, la Crèche et le Sépulcre. Puis ils donnaient au jeune seigneur des coquilles de leur manteau.

Souvent le châtelain festoyait ses vieux compagnons d'armes. Tout en buvant, ils se rappelaient leurs guerres, les assauts des forteresses avec le battement des machines et les prodigieuses blessures. Julien, qui les écoutait, en poussait des cris; alors son père ne doutait pas qu'il ne fût plus tard un conquérant. Mais le soir, au sortir de l'angélus, quand il passait entre les pauvres inclinés, il puisait dans son escarcelle avec tant de modestie et d'un air si noble, que sa mère comptait bien le voir par la suite archevêque.

Sa place dans la chapelle était aux côtés de ses parents; et, si longs que fussent les offices, il restait à genoux sur son prie-Dieu, la toque par terre et les mains jointes.

Un jour, pendant la messe, il aperçut, en relevant la tête, une petite souris blanche qui sortait d'un trou, dans la muraille. Elle trottina sur la première marche de l'autel, et, après deux ou trois tours de droite et de gauche, s'enfuit du même côté. Le dimanche suivant, l'idée qu'il pourrait la revoir le troubla. Elle revint; et chaque dimanche il l'attendait, en était importuné, fut pris de haine contre elle, et résolut de s'en défaire.

Ayant donc fermé la porte, et semé sur les marches les miettes d'un gâteau, il se posta devant le trou, une baguette à la main.

Au bout de très longtemps un museau rose parut, puis la souris tout entière. Il frappa un coup léger, et demeura stupéfait devant ce petit corps qui ne bougeait plus. Une goutte de sang tachait la dalle. Il l'essuya bien vite avec sa manche, jeta la souris dehors, et n'en dit rien à personne.

Toutes sortes d'oisillons picoraient les graines du jardin. Il imagina de mettre des pois dans un roseau creux. Quand il entendait gazouiller dans un arbre, il en approchait avec douceur, puis levait son tube, enflait ses joues; et les bestioles lui pleuvaient sur les épaules si abondamment qu'il ne pouvait s'empêcher de rire, heureux de sa malice.

Un matin, comme il s'en retournait par la courtine, il vit sur la crête du rempart un gros pigeon qui se rengorgeait au soleil. Julien s'arrêta pour le regarder; le mur en cet endroit ayant une brèche, un éclat de pierre se rencontra sous ses doigts. Il tourna son bras, et la pierre abattit l'oiseau qui tomba d'un bloc dans le fossé.

Il se précipita vers le fond, se déchirant aux broussailles, furetant partout, plus leste qu'un jeune chien.

Le pigeon, les ailes cassées, palpitait, suspendu dans les branches d'un troène.

La persistance de sa vie irrita l'enfant. Il se mit à l'étrangler; et les convulsions de l'oiseau faisaient battre son cœur, l'emplissaient d'une volupté sauvage et tumultueuse. Au dernier roidissement, il se sentit défaillir.

Le soir, pendant le souper, son père déclara que l'on devait à son âge apprendre la vénerie; et il alla chercher un vieux cahier d'écriture contenant, par demandes et réponses, tout le déduit des chasses. Un maître y démontrait à son élève l'art de dresser les chiens et d'affaiter les faucons, de tendre les pièges, comment reconnaître le cerf à ses fumées, le renard à ses

empreintes, le loup à ses déchaussures, le bon
moyen de discerner leurs voies, de quelle manière on les lance, où se trouvent ordinairement leurs refuges, quels sont les vents les plus
propices, avec l'énumération des cris et les rè-
gles de la curée.

Quand Julien put réciter par cœur toutes ces
choses, son père lui composa une meute.

D'abord on y distinguait vingt-quatre lévriers
barbaresques, plus véloces que des gazelles,
mais sujets à s'emporter; puis dix-sept couples
de chiens bretons, tiquetés de blanc sur fond
rouge, inébranlables dans leur créance, forts de
poitrine et grands hurleurs. Pour l'attaque du
sanglier et les refuites périlleuses, il y avait quarante griffons poilus comme des ours. Des mâtins de Tartarie, presque aussi hauts que des
ânes, couleur de feu, l'échine large et le jarret
droit, étaient destinés à poursuivre les aurochs.
La robe noire des épagneuls luisait comme du
satin; le jappement des talbots valait celui des
bigles chanteurs. Dans une cour à part, gron-
daient, en secouant leur chaîne et roulant leurs
prunelles, huit dogues alains, bêtes formidables
qui sautent au ventre des cavaliers et n'ont pas
peur des lions.

Tous mangeaient du pain de froment, bu-
vaient dans des auges de pierre, et portaient un
nom sonore.

La fauconnerie, peut-être, dépassait la
meute; le bon seigneur, à force d'argent, s'était
procuré des tiercelets du Caucase, des sacres de

Babylone, des gerfauts d'Allemagne, et des faucons pèlerins, capturés sur les falaises, au fond des mers froides, en de lointains pays. Ils logeaient dans un hangar couvert de chaume, et, attachés par rang de taille sur le perchoir, avaient devant eux une motte de gazon, où de temps à autre on les posait afin de les dégourdir.

Des bourses, des hameçons, des chausse-trapes, toute sorte d'engins, furent confectionnés.

Souvent on menait dans la campagne des chiens d'oysel, qui tombaient bien vite en arrêt. Alors des piqueurs, s'avançant pas à pas, étendaient avec précaution sur leurs corps impassibles un immense filet. Un commandement les faisait aboyer; des cailles s'envolaient; et les dames des alentours conviées avec leurs maris, les enfants, les camérières, tout le monde se jetait dessus, et les prenait facilement.

D'autres fois, pour débûcher les lièvres, on battait du tambour; des renards tombaient dans des fosses, ou bien un ressort, se débandant, attrapait un loup par le pied.

Mais Julien méprisa ces commodes artifices; il préférait chasser loin du monde, avec son cheval et son faucon. C'était presque toujours un grand tartaret de Scythie, blanc comme la neige. Son capuchon de cuir était sumonté d'un panache, des grelots d'or tremblaient à ses pieds bleus : et il se tenait ferme sur le bras de son maître pendant que le cheval galopait, et que les plaines se déroulaient. Julien, dénouant ses longes, le lâchait tout à coup; la bête hardie montait droit dans l'air comme une flèche; et l'on voyait deux taches inégales tourner, se joindre, puis disparaître dans les hauteurs de l'azur. Le faucon ne tardait pas à descendre en déchirant quelque oiseau, et revenait se poser sur le gantelet, les deux ailes frémissantes.

Julien vola de cette manière le héron, le milan, la corneille et le vautour.

Il aimait, en sonnant de la trompe, à suivre ses chiens qui couraient sur le versant des collines, sautaient les ruisseaux, remontaient vers le bois; et, quand le cerf commençait à gémir sous les morsures, il l'abattait prestement, puis se délectait à la furie des mâtins qui le dévoraient, coupé en pièces sur sa peau fumante.

Les jours de brume, il s'enfonçait dans un marais pour guetter les oies, les loutres et les halbrans.

Trois écuyers, dès l'aube, l'attendaient au bas du perron; et le vieux moine, se penchant à sa lucarne, avait beau faire des signes pour le rappeler, Julien ne se retournait pas. Il allait à l'ardeur du soleil, sous la pluie, par la tempête, buvait l'eau des sources dans sa main, mangeait en trottant des pommes sauvages, s'il était fatigué se reposait sous un chêne; et il rentrait au milieu de la nuit, couvert de sang et de boue, avec des épines dans les cheveux et sentant l'odeur des bêtes farouches. Il devint comme elles. Quand sa mère l'embrassait, il acceptait froidement son étreinte, paraissant rêver à des choses profondes.

Il tua des ours à coups de couteau, des taureaux avec la hache, des sangliers avec l'épieu; et même une fois, n'ayant plus qu'un bâton, se défendit contre des loups qui rongeaient des cadavres au pied d'un gibet.

Un matin d'hiver, il partit avant le jour, bien équipé, une arbalète sur l'épaule et un trousseau de flèches à l'arçon de sa selle.

Son genet danois, suivi de deux bassets, en marchant d'un pas égal faisait résonner la terre. Des gouttes de verglas se collaient à son manteau, une brise violente soufflait. Un côté de l'horizon s'éclaircit; et, dans la blancheur du crépuscule, il aperçut des lapins sautillant au bord de leurs terriers. Les deux bassets, tout de suite, se précipitèrent sur eux; et, çà et là, vivement, leur brisaient l'échine.

Bientôt, il entra dans un bois. Au bout d'une branche, un coq de bruyère engourdi par le froid dormait la tête sous l'aile. Julien, d'un revers d'épée, lui faucha les deux pattes, et sans le ramasser continua sa route.

Trois heures après, il se trouva sur la pointe d'une montagne tellement haute que le ciel semblait presque noir. Devant lui, un rocher pareil à un long mur s'abaissait, en surplombant un précipice; et, à l'extrémité, deux boucs sauvages regardaient l'abîme. Comme il n'avait

pas ses flèches (car son cheval était resté en arrière), il imagina de descendre jusqu'à eux; à
demi courbé, pieds nus, il arriva enfin au premier des boucs, et lui enfonça un poignard
sous les côtes. Le second, pris de terreur, sauta
dans le vide. Julien s'élança pour le frapper, et,
glissant du pied droit, tomba sur le cadavre de
l'autre, la face au-dessus de l'abîme et les
deux bras écartés.

Redescendu dans la plaine, il suivit des sau-
les qui bordaient une rivière. Des grues, volant
très bas, de temps à autre passaient au-dessus
de sa tête. Julien les assommait avec son fouet,
et n'en manqua pas une.

Cependant l'air plus tiède avait fondu le gi-
vre, de larges vapeurs flottaient, et le soleil se
montra. Il vit reluire tout au loin un lac figé,
qui ressemblait à du plomb. Au milieu du lac,
il y avait une bête que Julien ne connaissait
pas, un castor à museau noir. Malgré la distance, une flèche l'abattit; et il fut chagrin de
ne pouvoir emporter la peau.

Puis il s'avança dans une avenue de grands
arbres, formant avec leurs cimes comme un arc
de triomphe, à l'entrée d'une forêt. Un che-
vreuil bondit hors d'un fourré, un daim parut
dans un carrefour, un blaireau sortit d'un trou,
un paon sur le gazon déploya sa queue; — et
quand il les eut tous occis, d'autres chevreuils
se présentèrent, d'autres daims, d'autres blai-
reaux, d'autres paons, et des merles, des geais,
des putois, des renards, des hérissons, des lynx,

une infinité de bêtes, à chaque pas plus nombreuses. Elles tournaient autour de lui, trem-
blantes, avec un regard plein de douceur et de
supplication. Mais Julien ne se fatiguait pas de
tuer, tour à tour bandant son arbalète, dégai-
nant l'épée, pointant du coutelas, et ne pensait
à rien, n'avait souvenir de quoi que ce fût. Il
était en chasse dans un pays quelconque, depuis un temps indéterminé, par le fait seul de
sa propre existence, tout s'accomplissant avec
la facilité que l'on éprouve dans les rêves. Un
spectacle extraordinaire l'arrêta. Des cerfs emplissaient un vallon ayant la forme d'un cirque ;
et tassés, les uns près des autres, ils se réchauf-
faient avec leurs haleines que l'on voyait fumer
dans le brouillard.

L'espoir d'un pareil carnage, pendant quelques minutes, le suffoqua de plaisir. Puis il descendit de cheval, retroussa ses manches, et se
mit à tirer.

Au sifflement de la première flèche, tous les
cerfs à la fois tournèrent la tête. Il se fit des
enfonçures dans leur masse ; des voix plaintives
s'élevaient, et un grand mouvement agita le
troupeau.

Le rebord du vallon était trop haut pour le
franchir. Ils bondissaient dans l'enceinte, cherchant à s'échapper. Julien visait, tirait ; et les
flèches tombaient comme les rayons d'une pluie
d'orage. Les cerfs rendus furieux se battirent,
se cabraient, montaient les uns par-dessus les
autres ; et leurs corps avec leurs ramures emmê-

lées faisaient un large monticule, qui s'écroulait, en se déplaçant.

Enfin ils moururent, couchés sur le sable, la bave aux naseaux, les entrailles sorties, et l'ondulation de leurs ventres s'abaissant par degrés. Puis tout fut immobile.

La nuit allait venir; et derrière le bois, dans les intervalles des branches, le ciel était rouge comme une nappe de sang.

Julien s'adossa contre un arbre. Il contemplait d'un œil béant l'énormité du massacre, ne comprenant pas comment il avait pu le faire.

De l'autre côté du vallon, sur le bord de la forêt, il aperçut un cerf, une biche et son faon.

Le cerf, qui était noir et monstrueux de taille, portait seize andouillers avec une barbe blanche. La biche, blonde comme les feuilles mortes, broutait le gazon; et le faon tacheté, sans l'interrompre dans sa marche, lui tétait la mamelle.

L'arbalète encore une fois ronfla. Le faon, tout de suite, fut tué. Alors sa mère, en regardant le ciel, brama d'une voix profonde, déchirante, humaine. Julien exaspéré, d'un coup en plein poitrail, l'étendit par terre.

Le grand cerf l'avait vu, fit un bond. Julien lui envoya sa dernière flèche. Elle l'atteignit au front, et y resta plantée.

Le grand cerf n'eut pas l'air de la sentir; en enjambant par-dessus les morts, il avançait toujours, allait fondre sur lui, l'éventrer; et Julien reculait dans une épouvante indicible. Le prodigieux animal s'arrêta; et les yeux flamboyants, solennel comme un patriarche et comme un justicier, pendant qu'une cloche au loin tintait, il répéta trois fois :

— « Maudit ! maudit ! maudit ! Un jour, cœur féroce, tu assassineras ton père et ta mère ! »

Il plia les genoux, ferma doucement ses paupières, et mourut.

Julien fut stupéfait, puis accablé d'une fatigue soudaine; et un dégoût, une tristesse immense l'envahit. Le front dans les deux mains, il pleura pendant longtemps.

Son cheval était perdu; ses chiens l'avaient abandonné; la solitude qui l'enveloppait lui sembla toute menaçante des périls indéfinis. Alors, poussé par un effroi, il prit sa course à travers la campagne, choisit au hasard un sentier, et se trouva presque immédiatement à la porte du château.

La nuit, il ne dormit pas. Sous le vacillement de la lampe suspendue, il revoyait toujours le grand cerf noir. Sa prédiction l'obsédait; il se débattait contre elle. « Non ! non ! non ! je ne veux pas les tuer ! » puis, il songeait : « Si je le voulais, pourtant ?... » et il avait peur que le Diable ne lui en inspirât l'envie.

Durant trois mois, sa mère en angoisse pria au chevet de son lit, et son père, en gémissant, marchait continuellement dans les couloirs. Il manda les maîtres mires les plus fameux, lesquels ordonnèrent des quantités de drogues. Le mal de Julien, disaient-ils, avait pour cause un vent funeste, ou un désir d'amour. Mais le jeune homme, à toutes les questions, secouait la tête.

Les forces lui revinrent; et on le promenait dans la cour, le vieux moine et le bon seigneur le soutenant chacun par un bras.

Quand il fut rétabli complètement, il s'obstina à ne point chasser

Son père, le voulant réjouir, lui fit cadeau d'une grande épée sarrasine.

Elle était au haut d'un pilier, dans une panoplie. Pour l'atteindre, il fallut une échelle. Julien y monta. L'épée trop lourde lui échappa des doigts, et en tombant frôla le bon seigneur de si près que sa houppelande en fut coupée; Julien crut avoir tué son père, et s'évanouit.

Dès lors, il redouta les armes. L'aspect d'un fer nu le faisait pâlir. Cette faiblesse était une désolation pour sa famille.

Enfin le vieux moine, au nom de Dieu, de l'honneur et des ancêtres, lui commanda de reprendre ses exercices de gentilhomme.

Les écuyers, tous les jours, s'amusaient au maniement de la javeline. Julien y excella bien vite. Il envoyait la sienne dans le goulot des bouteilles, cassait les dents des girouettes, frappait à cent pas les clous des portes.

Un soir d'été, à l'heure où la brume rend les choses indistinctes, étant sous la treille du jardin, il aperçut tout au fond deux ailes blanches qui voletaient à la hauteur de l'espalier. Il ne

douta pas que ce ne fût une cigogne; et il
lança son javelot.

Un cri déchirant partit.

C'était sa mère, dont le bonnet à longues
barbes restait cloué contre le mur.

Julien s'enfuit du château, et ne reparut plus.

II

Il s'engagea dans une troupe d'aventuriers qui passaient.

Il connut la faim, la soif, les fièvres et la vermine. Il s'accoutuma au fracas des mêlées, à l'aspect des moribonds. Le vent tanna sa peau. Ses membres se durcirent par le contact des armures; et comme il était très fort, courageux, tempérant, avisé, il obtint sans peine le commandement d'une compagnie.

Au début des batailles, il enlevait ses soldats d'un grand geste de son épée. Avec une corde à nœuds, il grimpait aux murs des citadelles, la nuit, balancé par l'ouragan, pendant que les flammèches du feu grégeois se collaient à sa cuirasse, et que la résine bouillante et le plomb fondu ruisselaient des créneaux. Souvent le heurt d'une pierre fracassa son bouclier. Des ponts trop chargés d'hommes croulèrent sous lui. En tournant sa masse d'armes, il se débarrassa de quatorze cavaliers. Il défit, en champ

clos, tous ceux que se proposèrent. Plus de
vingt fois, on le crut mort.

Grâce à la faveur divine, il en réchappa toujours ; car il protégeait les gens d'église, les or-
phelins, les veuves, et principalement les vieillards. Quand il en voyait un marchant devant
lui, il criait pour connaître sa figure, comme
s'il avait eu peur de le tuer par méprise.

Des esclaves en fuite, des manants révoltés,
des bâtards sans fortune, toutes sortes d'intrépi-
des affluèrent sous son drapeau, et il se composa une armée.

Elle grossit. Il devint fameux. On le recherchait.

Tour à tour, il secourut le Dauphin de
France et le roi d'Angleterre, les templiers de
Jérusalem, le suréna des Parthes, le négus
d'Abyssinie, et l'empereur de Calicut. Il combattit des Scandinaves recouverts d'écailles de
poisson, des Nègres munis de rondaches en
cuir d'hippopotame et montés sur des ânes
rouges, des Indiens couleur d'or et brandissant
par-dessus leurs diadèmes de larges sabres, plus
clairs que des miroirs. Il vainquit les Troglody-
tes et les Anthropophages. Il traversa des ré-
gions si torrides que sous l'ardeur du soleil les
chevelures s'allumaient d'elles-mêmes, comme
des flambeaux ; et d'autres qui étaient si glacia-
les, que les bras, se détachant du corps, tombaient par terre ; et des pays où il y avait tant
de brouillard que l'on marchait environné de
fantômes.

Des républiques en embarras le consultèrent.
Aux entrevues d'ambassadeurs, il obtenait des
conditions inespérées. Si un monarque se con-
duisait trop mal, il arrivait tout à coup, et lui
faisait des remontrances. Il affranchit des peuples. Il délivra des reines enfermées dans
des tours. C'est lui, et pas un autre, qui assomma la guivre de Milan et le dragon d'Oberbir-
bach.

Or l'empereur d'Occitanie, ayant triomphé
des Musulmans espagnols, s'était joint par con-
cubinage à la sœur du calife de Cordoue; et il
en conservait une fille, qu'il avait élevée chré-
tiennement. Mais le calife, faisant mine de vouloir se convertir, vint lui rendre visite, accom-
pagné d'une escorte nombreuse, massacra toute
sa garnison, et le plongea dans un cul-de-
basse-fosse, où il le traitait durement, afin d'en
extirper des trésors.

Julien accourut à son aide, détruisit l'armée
des infidèles, assiégea la ville, tua le calife,
coupa sa tête, et la jeta comme une boule par-
dessus les remparts. Puis il tira l'empereur de
sa prison, et le fit remonter sur son trône, en
présence de toute sa cour.

L'empereur, pour prix d'un tel service, lui
présenta dans des corbeilles beaucoup d'argent;
Julien n'en voulut pas. Croyant qu'il en désirait
davantage, il lui offrit les trois quarts de ses ri-
chesses; nouveau refus; puis de partager son
royaume; Julien le remercia; et l'empereur en
pleurait de dépit, ne sachant de quelle manière

témoigner sa reconnaissance, quand il se frappa
le front, dit un mot à l'oreille d'un courtisan;
les rideaux d'une tapisserie se relevèrent, et une
jeune fille parut.

Ses grands yeux noirs brillaient comme
deux lampes très douces. Un sourire charmant
écartait ses lèvres. Les anneaux de sa chevelure
s'accrochaient aux pierreries de sa robe entrou-
verte; et, sous la transparence de sa tunique,
on devinait la jeunesse de son corps. Elle
était toute mignonne et potelée, avec la taille
fine.

Julien fut ébloui d'amour, d'autant plus qu'il
avait mené jusqu'alors une vie très chaste.

Donc il reçut en mariage la fille de l'empereur, avec un château qu'elle tenait de sa mère;
et, les noces étant terminées, on se quitta,
après des politesses infinies de part et d'autre.

C'était un palais de marbre blanc, bâti à la
moresque, sur un promontoire, dans un bois
d'orangers. Des terrasses de fleurs descendaient
jusqu'au bord d'un golfe, où des coquilles roses craquaient sous les pas. Derrière le château,
s'étendait une forêt ayant le dessin d'un éventail. Le ciel continuellement était bleu, et les arbres se penchaient tour à tour sous la brise de
la mer et le vent des montagnes, qui fermaient
au loin l'horizon.

Les chambres, pleines de crépuscule, se trouvaient éclairées par les incrustations des murailles. De hautes colonnettes, minces comme des
roseaux, supportaient la voûte des coupoles,

décorées de reliefs imitant les stalactites des grottes.

Il y avait des jets d'eau dans les salles, des mosaïques dans les cours, des cloisons feston-nées, mille délicatesses d'architecture, et partout un tel silence que l'on entendait le frôlement d'une écharpe ou l'écho d'un soupir.

Julien ne faisait plus la guerre. Il se reposait, entouré d'un peuple tranquille; et chaque jour, une foule passait devant lui, avec des génu-flexions et des baisemains à l'orientale.

Vêtu de pourpre, il restait accoudé dans l'embrasure d'une fenêtre, en se rappelant ses chasses d'autrefois; et il aurait voulu courir sur le désert après les gazelles et les autruches, être caché dans les bambous à l'affût des léo-pards, traverser des forêts pleines de rhinocé-ros, atteindre au sommet des monts les plus inaccessibles pour viser mieux les aigles, et sur les glaçons de la mer combattre les ours blancs.

Quelquefois, dans un rêve, il se voyait comme notre père Adam au milieu du Paradis, entre toutes les bêtes; en allongeant le bras, il les faisait mourir; ou bien, elles défilaient, deux à deux, par rang de taille, depuis les éléphants et les lions jusqu'aux hermines et aux canards, comme le jour qu'elles entrèrent dans l'arche de Noé. A l'ombre d'une caverne, il dardait sur elles des javelots infaillibles; il en survenait d'autres; cela n'en finissait pas; et il se réveil-lait en roulant des yeux farouches.

Des princes de ses amis l'invitèrent à chasser.
Il s'y refusa toujours, croyant, par cette sorte
de pénitence, détourner son malheur; car il lui
semblait que du meurtre des animaux dépendait le sort de ses parents. Mais il souffrait de
ne pas les voir, et son autre envie devenait in-
supportable.

Sa femme, pour le récréer, fit venir des jon-
gleurs et des danseuses.

Elle se promenait avec lui, en litière ouverte,
dans la campagne; d'autres fois, étendus sur le
bord d'une chaloupe, ils regardaient les poissons vagabonder dans l'eau, claire comme le
ciel. Souvent elle lui jetait des fleurs au visage;
accroupie devant ses pieds, elle tirait des airs
d'une mandoline à trois cordes; puis, lui po-
sant sur l'épaule ses deux mains jointes, disait
d'une voix timide : — « Qu'avez-vous donc,
cher seigneur ? »

Il ne répondait pas, ou éclatait en sanglots;
enfin, un jour, il avoua son horrible pensée.

Elle la combattit, en raisonnant très bien :
son père et sa mère, probablement, étaient
morts; si jamais il les revoyait, par quel hasard,
dans quel but, arriverait-il à cette abomination ? Donc, sa crainte n'avait pas de cause, et
il devait se remettre à chasser.

Julien souriait en l'écoutant, mais ne se déci-
dait pas à satisfaire son désir.

Un soir du mois d'août qu'ils étaient dans
leur chambre, elle venait de se coucher et il
s'agenouillait pour sa prière quand il entendit

le jappement d'un renard, puis des pas légers sous le fenêtre; et il entrevit dans l'ombre comme des apparences d'animaux. La tentation était trop forte. Il décrocha son carquois.

Elle parut surprise.

— « C'est pour t'obéir ! » dit-il, « au lever du soleil, je serai revenu. »

Cependant elle redoutait une aventure funeste.

Il la rassura, puis sortit, étonné de l'inconséquence de son humeur.

Peu de temps après, un page vint annoncer que deux inconnus, à défaut du seigneur absent, réclamaient tout de suite la seigneuresse.

Et bientôt entrèrent dans la chambre un vieil homme et une vieille femme, courbés, poudreux, en habits de toile, et s'appuyant chacun sur un bâton.

Ils s'enhardirent et déclarèrent qu'ils apportaient à Julien des nouvelles de ses parents.

Elle se pencha pour les entendre.

Mais, s'étant concertés du regard, ils lui demandèrent s'il les aimait toujours, s'il parlait d'eux quelquefois.

— « Oh ! oui ! » dit-elle.

Alors, ils s'écrièrent :

— « Eh bien ! c'est nous ! » et ils s'assirent, étant fort las et recrus de fatigue.

Rien n'assurait à la jeune femme que son époux fût leur fils.

Ils en donnèrent la preuve, en décrivant des signes particuliers qu'il avait sur la peau.

Elle sauta hors de sa couche, appela son page, et on leur servit un repas.

Bien qu'ils eussent grand-faim, ils ne pouvaient guère manger; et elle observait à l'écart le tremblement de leurs mains osseuses, en prenant les gobelets.

Ils firent mille questions sur Julien. Elle répondait à chacune, mais eut soin de taire l'idée funèbre qui les concernait.

Ne le voyant pas revenir, ils étaient partis de leur château; et ils marchaient depuis plusieurs années, sur de vagues indications, sans perdre l'espoir. Il avait fallu tant d'argent au péage des fleuves et dans les hôtelleries, pour les droits des princes et les exigences des voleurs, que le fond de leur bourse était vide, et qu'ils mendiaient maintenant. Qu'importe, puisque bientôt ils embrasseraient leur fils? Ils exaltaient son bonheur d'avoir une femme aussi gentille, et ne se lassaient point de la contempler et de la baiser.

La richesse de l'appartement les étonnait beaucoup; et le vieux, ayant examiné les murs, demanda pourquoi s'y trouvait le blason de l'empereur d'Occitanie.

Elle répliqua :

— « C'est mon père ! »

Alors il tressaillit, se rappelant la prédiction du Bohême; et la vieille songeait à la parole de l'Ermite. Sans doute la gloire de son fils n'était que l'aurore des splendeurs éternelles; et tous les deux restaient béants, sous la lumière du candélabre qui éclairait la table.

Ils avaient dû être très beaux dans leur jeunesse. La mère avait encore tous ses cheveux,
dont les bandeaux fins, pareils à des plaques
de neige, pendaient jusqu'au bas de ses joues;
et le père, avec sa taille haute et sa grande
barbe, ressemblait à une statue d'église.

La femme de Julien les engagea à ne pas l'at-
tendre. Elle les coucha elle-même dans son lit,
puis ferma la croisée; ils s'endormirent. Le
jour allait paraître, et, derrière le vitrail, les petits oiseaux commençaient à chanter.

Julien avait traversé le parc; et il marchait dans la forêt d'un pas nerveux, jouissant
de la mollesse du gazon et de la douceur de
l'air.

Les ombres des arbres s'étendaient sur la
mousse. Quelquefois la lune faisait des taches
blanches dans les clairières, et il hésitait à
s'avancer, croyant apercevoir une flaque d'eau,
ou bien la surface des mares tranquilles se con-
fondait avec la couleur de l'herbe. C'était partout un grand silence; et il ne découvrit aucune
des bêtes qui, peu de minutes auparavant, er-
raient à l'entour de son château.

Le bois s'épaissit, l'obscurité devint profonde. Des bouffées de vent chaud passaient,
pleines de senteurs amollissantes. Il enfonçait
dans des tas de feuilles mortes, et il s'appuya
contre un chêne pour haleter un peu.

Tout à coup, derrière son dos, bondit une
masse plus noire, un sanglier. Julien n'eut pas

le temps de saisir son arc, et il s'en affligea
comme d'un malheur.

Puis, étant sorti du bois, il aperçut un loup
qui filait le long d'une haie.

Julien lui envoya une flèche. Le loup s'arrêta,
tourna la tête pour le voir et reprit sa course.
Il trottait en gardant toujours la même distance, s'arrêtait de temps à autre, et, sitôt qu'il
était visé, recommençait à fuir.

Julien parcourut de cette manière une plaine
interminable, puis des monticules de sable, et
enfin il se trouva sur un plateau dominant un
grand espace de pays. Des pierres plates étaient
clairsemées entre des caveaux en ruines. On tré-
buchait sur des ossements de morts; de place
en place, des croix vermoulues se penchaient
d'un air lamentable. Mais des formes remuè-
rent dans l'ombre indécise des tombeaux; et il
en surgit des hyènes, tout effarées, pantelantes.
En faisant claquer leurs ongles sur les dalles elles
vinrent à lui et le flairaient avec un bâillement
qui découvrait leurs gencives. Il dégaina son sabre.
Elles partirent à la fois dans toutes les directions,
et, continuant leur galop boiteux et précipité,
se perdirent au loin sous un îlot de poussière.

Une heure après, il rencontra dans un ravin
un taureau furieux, les cornes en avant, et qui
grattait le sable avec son pied. Julien lui pointa
sa lance sous les fanons. Elle éclata, comme si
l'animal eût été de bronze; il ferma les yeux,
attendant sa mort. Quand il les rouvrit; le taureau avait disparu.

Alors son âme s'affaissa de honte. Un pouvoir supérieur détruisait sa force; et, pour s'en retourner chez lui, il rentra dans la forêt.

Elle était embarrassée de lianes; et il les coupait avec son sabre quand une fouine glissa brusquement entre ses jambes, une panthère fit un bond par-dessus son épaule, un serpent monta en spirale autour d'un frêne.

Il y avait dans son feuillage un choucas monstrueux, qui regardait Julien; et çà et là, parurent entre les branches quantité de larges étincelles, comme si le firmament eût fait pleuvoir dans la forêt toutes ses étoiles. C'étaient des yeux d'animaux, des chats sauvages, des écureuils, des hiboux, des perroquets, des singes.

Julien darda contre eux ses flèches; les flèches, avec leurs plumes, se posaient sur les feuilles comme des papillons blancs. Il leur jeta des pierres; les pierres, sans rien toucher, retombaient. Il se maudit, aurait voulu se battre, hurla des imprécations, étouffait de rage.

Et tous les animaux qu'il avait poursuivis se représentèrent, faisant autour de lui un cercle étroit. Les uns étaient assis sur leur croupe, les autres dressés de toute leur taille. Il restait au milieu, glacé de terreur, incapable du moindre mouvement. Par un effort suprême de sa volonté, il fit un pas; ceux qui perchaient sur les arbres ouvrirent leurs ailes, ceux qui foulaient le sol déplacèrent leurs membres; et tous l'accompagnaient.

Les hyènes marchaient devant lui, le loup et

le sanglier par-derrière. Le taureau, à sa droite, balançait la tête; et, à sa gauche, le serpent ondulait dans les herbes, tandis que la panthère, bombant son dos, avançait à pas de velours et à grandes enjambées. Il allait le plus lentement possible pour ne pas les irriter; et il voyait sortir de la profondeur des buissons des porcs-épics, des renards, des vipères, des chacals et des ours.

Julien se mit à courir; ils coururent. Le serpent sifflait, les bêtes puantes bavaient. Le sanglier lui frottait les talons avec ses défenses, le loup l'intérieur des mains avec les poils de son museau. Les singes le pinçaient en grimaçant, la fouine se roulait sur ses pieds. Un ours, d'un revers de patte, lui enleva son chapeau; et la panthère dédaigneusement, laissa tomber une flèche qu'elle portait à sa gueule.

Une ironie perçait dans leurs allures sournoises. Tout en l'observant du coin de leurs prunelles, ils semblaient méditer un plan de vengeance; et, assourdi par le bourdonnement des insectes, battu par des queues d'oiseau, suffoqué par des haleines, il marchait les bras tendus et les paupières closes comme un aveugle, sans même avoir la force de crier « grâce! ».

Le chant d'un coq vibra dans l'air. D'autres y répondirent; c'était le jour; et il reconnut, au-delà des orangers, le faîte de son palais.

Puis, au bord d'un champ, il vit, à trois pas d'intervalle, des perdrix rouges qui voletaient dans les chaumes. Il dégrafa son manteau, et l'abattit sur elles comme un filet. Quand il les eut découvertes, il n'en trouva qu'une seule, et morte depuis longtemps, pourrie.

Cette déception l'exaspéra plus que toutes les autres. Sa soif de carnage le reprenait; les bêtes manquant, il aurait voulu massacrer des hommes.

Il gravit les trois terrasses, enfonça la porte d'un coup de poing; mais, au bas de l'escalier, le souvenir de sa chère femme détendit son cœur. Elle dormait sans doute, et il allait la surprendre.

Ayant retiré ses sandales, il tourna doucement la serrure, et entra.

Les vitraux garnis de plomb obscurcissaient la pâleur de l'aube. Julien se prit les pieds dans des vêtements, par terre; un peu plus loin, il heurta une crédence encore chargée de vaisselle. « Sans doute, elle aura mangé », se dit-il; et il avançait vers le lit, perdu dans les ténèbres au fond de la chambre. Quand il fut au bord, afin d'embrasser sa femme, il se pencha sur l'oreiller où les deux têtes reposaient l'une près de l'autre. Alors, il sentit contre sa bouche l'impression d'une barbe.

Il se recula, croyant devenir fou; mais il revint près du lit, et ses doigts, en palpant, rencontrèrent des cheveux qui étaient très longs. Pour se convaincre de son erreur, il repassa lentement la main sur l'oreiller. C'était bien une barbe, cette fois, et un homme ! un homme couché avec sa femme !

Éclatant d'une colère démesurée, il bondit
sur eux à coups de poignard; et il trépignait,
écumait, avec des hurlements de bête fauve.
Puis il s'arrêta. Les morts, percés au cœur,
n'avaient même pas bougé. Il écoutait attentive-
ment leurs deux râles presque égaux, et, à mesure qu'ils s'affaiblissaient, un autre, tout au
loin, les continuait. Incertaine d'abord, cette
voix plaintive longuement poussée, se rapprochait, s'enfla, devint cruelle; et il reconnut, ter-
rifié, le bramement du grand cerf noir.

Et comme il se retournait, il crut voir dans
l'encadrement de la porte, le fantôme de sa
femme, une lumière à la main.

Le tapage du meurtre l'avait attirée. D'un
large coup d'œil, elle comprit tout, et s'en-
fuyant d'horreur laissa tomber son flambeau.

Il le ramassa.

Son père et sa mère étaient devant lui, étendus sur le dos avec un trou dans la poitrine; et
leurs visages, d'une majestueuse douceur,
avaient l'air de garder comme un secret éternel.
Des éclaboussures et des flaques de sang s'étalaient au milieu de leur peau blanche, sur les
draps du lit, par terre, le long d'un Christ
d'ivoire suspendu dans l'alcôve. Le reflet écarlate du vitrail, alors frappé par le soleil, éclairait ces taches rouges, et en jetait de plus nombreuses dans tout l'appartement. Julien marcha
vers les deux morts en se disant, en voulant
croire, que cela n'était pas possible, qu'il s'était
trompé, qu'il y a parfois des ressemblances

inexplicables. Enfin, il se baissa légèrement
pour voir de tout près le vieillard; et il aperçut, entre ses paupières mal fermées, une pru-
nelle éteinte qui le brûla comme du feu. Puis il
se porta de l'autre côté de la couche, occupé
par l'autre corps, dont les cheveux blancs mas-
quaient une partie de la figure. Julien lui passa
les doigts sous ses bandeaux, leva sa tête; — et
il la regardait, en la tenant au bout de son
bras roidi, pendant que de l'autre main il
s'éclairait avec le flambeau. Des gouttes, suin-
tant du matelas, tombaient une à une sur le
plancher.

A la fin du jour, il se présenta devant sa
femme; et, d'une voix différente de la sienne, il
lui commanda premièrement de ne pas lui répondre, de ne pas l'approcher, de ne plus
même le regarder, et qu'elle eût à suivre, sous
peine de damnation, tous ses ordres qui étaient
irrévocables.

Les funérailles seraient faites selon les instruc-
tions qu'il avait laissées par écrit, sur un prie-
Dieu, dans la chambre des morts. Il lui abandon-
nait son palais, ses vassaux, tous ses biens, sans
même retenir les vêtements de son corps, et ses
sandales, que l'on trouverait au haut de l'escalier.

Elle avait obéi à la volonté de Dieu, en occa-
sionnant son crime, et devait prier pour son
âme, puisque désormais il n'existait plus.

On enterra les morts avec magnificence, dans
l'église d'un monastère à trois journées du châ-

teau. Un moine en cagoule rabattue suivit le cortège, loin de tous les autres, sans que personne osât lui parler.

Il resta pendant la messe, à plat ventre au milieu du portail, les bras en croix, et le front dans la poussière.

Après l'ensevelissement, on le vit prendre le chemin qui menait aux montagnes. Il se retourna plusieurs fois, et finit par disparaître.

III

Il s'en alla, mendiant sa vie par le monde.

Il tendait sa main aux cavaliers sur les routes, avec des génuflexions s'approchait des moissonneurs, ou restait immobile devant la barrière des cours; et son visage était si triste que jamais on ne lui refusait l'aumône.

Par esprit d'humilité, il racontait son histoire; alors tous s'enfuyaient, en faisant des signes de croix. Dans les villages où il avait déjà passé, sitôt qu'il était reconnu, on fermait les portes, on lui criait des menaces, on lui jetait des pierres. Les plus charitables posaient une écuelle sur le bord de leur fenêtre, puis fermaient l'auvent pour ne pas l'apercevoir.

Repoussé de partout, il évita les hommes; et il se nourrit de racines, de plantes, de fruits perdus, et de coquillages qu'il cherchait le long des grèves.

Quelquefois, au tournant d'une côte, il voyait sous ses yeux une confusion de toits pressés, avec des flèches de pierre, des ponts, des tours, des rues noires s'entrecroisant, et d'où montait jusqu'à lui un bourdonnement continuel.

Le besoin de se mêler à l'existence des autres le faisait descendre dans la ville. Mais l'air bestial des figures, le tapage des métiers, l'indifférence des propos glaçaient son cœur. Les jours de fête, quand le bourdon des cathédrales mettait en joie dès l'aurore le peuple entier, il regardait les habitants sortir de leurs maisons, puis les danses sur les places, les fontaines de cervoise dans les carrefours, les tentures de damas devant le logis des princes, et le soir venu, par le vitrage des rez-de-chaussée, les longues tables de famille où des aïeux tenaient des petits enfants sur leurs genoux; des sanglots l'étouffaient, et il s'en retournait vers la campagne.

Il contemplait avec des élancements d'amour les poulains dans les herbages, les oiseaux dans leurs nids, les insectes sur les fleurs; tous, à son approche, couraient plus loin, se cachaient effarés, s'envolaient bien vite.

Il rechercha les solitudes. Mais le vent apportait à son oreille comme des râles d'agonie; les larmes de la rosée tombant par terre lui rappelaient d'autres gouttes d'un poids plus lourd. Le soleil, tous les soirs, étalait du sang dans les nuages; et chaque nuit, en rêve, son parricide recommençait.

Il se fit un cilice avec des pointes de fer. Il monta sur les deux genoux toutes les collines

ayant une chapelle à leur sommet. Mais l'impi-
toyable pensée obscurcissait la splendeur des ta-
bernacles, le torturait à travers les macérations
de la pénitence.

Il ne se révoltait pas contre Dieu qui lui
avait infligé cette action, et pourtant se désespé-
rait de l'avoir pu commettre.

Sa propre personne lui faisait tellement horreur qu'espérant s'en délivrer il l'aventura dans
des périls. Il sauva des paralytiques des incen-
dies, des enfants du fond des gouffres. L'abîme
le rejetait, les flammes l'épargnaient.

Le temps n'apaisa pas sa souffrance. Elle devenait intolérable. Il résolut de mourir.

Et un jour qu'il se trouvait au bord d'une
fontaine, comme il se penchait dessus pour juger de la profondeur de l'eau, il vit paraître en
face de lui un vieillard tout décharné, à barbe
blanche et d'un aspect si lamentable qu'il lui
fut impossible de retenir ses pleurs. L'autre,
aussi, pleurait. Sans reconnaître son image, Julien se rappelait confusément une figure ressem-
blant à celle-là. Il poussa un cri; c'était son
père; et il ne pensa plus à se tuer.

Ainsi, portant le poids de son souvenir, il
parcourut beaucoup de pays; et il arriva près
d'un fleuve dont la traversée était dangereuse, à
cause de sa violence et parce qu'il y avait sur
les rives une grande étendue de vase. Personne
depuis longtemps n'osait plus le passer.

Une vieille barque, enfouie à l'arrière, dressait sa proue dans les roseaux. Julien en l'exa-

minant découvrit une paire d'avirons; et l'idée
lui vint d'employer son existence au service des
autres.

Il commença par établir sur la berge une
manière de chaussée qui permettrait de descendre jusqu'au chenal; et il se brisait les ongles à
remuer les pierres énormes, les appuyait contre
son ventre pour les transporter, glissait dans
la vase, y enfonçait, manqua périr plusieurs
fois.

Ensuite, il répara le bateau avec des épaves
de navires, et il se fit une cahute avec de la
terre glaise et des troncs d'arbres.

Le passage étant connu, les voyageurs se présentèrent. Ils l'appelaient de l'autre bord, en
agitant des drapeaux; Julien bien vite sautait
dans sa barque. Elle était très lourde; et on la
surchargeait par toutes sortes de bagages et de
fardeaux, sans compter les bêtes de somme,
qui, ruant de peur, augmentaient l'encombre-
ment. Il ne demandait rien pour sa peine;
quelques-uns lui donnaient des restes de victuailles qu'ils tiraient de leur bissac ou des habits trop usés dont ils ne voulaient plus. Des
brutaux vociféraient des blasphèmes. Julien les
reprenait avec douceur; et ils ripostaient par
des injures. Il se contentait de les bénir.

Une petite table, un escabeau, un lit de feuilles mortes et trois coupes d'argile, voilà tout ce
qu'était son mobilier. Deux trous dans la muraille servaient de fenêtres. D'un côté, s'étendaient à perte de vue des plaines stériles ayant

sur leur surface de pâles étangs, çà et là ; et le
grand fleuve, devant lui, roulait ses flots verdâ-
tres. Au printemps, la terre humide avait une
odeur de pourriture. Puis, un vent désordonné
soulevait la poussière en tourbillons. Elle entrait partout, embourbait l'eau, craquait sous
les gencives. Un peu plus tard, c'était des nuages de moustiques, dont la susurration et les
piqûres ne s'arrêtaient ni jour ni nuit. Ensuite,
survenaient d'atroces gelées qui donnaient aux
choses la rigidité de la pierre, et inspiraient un
besoin fou de manger de la viande.

Des mois s'écoulaient sans que Julien vît personne. Souvent il fermait les yeux, tâchant, par
la mémoire, de revenir dans sa jeunesse ; — et
la cour d'un château apparaissait avec des lévriers sur un perron, des valets dans la salle
d'armes, et, sous un berceau de pampres, un
adolescent à cheveux blonds entre un vieillard
couvert de fourrures et une dame à grand hennin ; tout à coup, les deux cadavres étaient là.
Il se jetait à plat ventre sur son lit, et répétait
en pleurant :

— « Ah ! pauvre père ! pauvre mère ! pauvre
mère ! » et tombait dans un assoupissement où
les visions funèbres continuaient.

Une nuit qu'il dormait, il crut entendre quelqu'un l'appeler. Il tendit l'oreille et ne distingua que le mugissement des flots.

Mais la voix reprit :

— « Julien ! »

Elle venait de l'autre bord, ce qui lui parut extraordinaire, vu la largeur du fleuve.

Une troisième fois on appela :

— « Julien ! »

Et cette voix haute avait l'intonation d'une cloche d'église.

Ayant allumé sa lanterne, il sortit de la cahute. Un ouragan furieux emplissait la nuit. Les ténèbres étaient profondes, et çà et là déchirées par la blancheur des vagues qui bondissaient.

Après une minute d'hésitation, Julien dénoua l'amarre. L'eau, tout de suite, devint tranquille, la barque glissa dessus et toucha l'autre berge, où un homme attendait.

Il était enveloppé d'une toile en lambeaux, la figure pareille à un masque de plâtre et les deux yeux plus rouges que des charbons. En approchant de lui la lanterne, Julien s'aperçut qu'une lèpre hideuse le recouvrait; cependant, il avait dans son attitude comme une majesté de roi.

Dès qu'il entra dans la barque, elle enfonça prodigieusement, écrasée par son poids; une secousse la remonta; et Julien se mit à ramer.

A chaque coup d'aviron, le ressac des flots la soulevait par l'avant. L'eau, plus noire que de l'encre, courait avec furie des deux côtés du bordage. Elle creusait des abîmes, elle faisait des montagnes, et la chaloupe sautait dessus, puis redescendait dans des profondeurs où elle tournoyait, ballottée par le vent.

Julien penchait son corps, dépliait les bras, et, s'arc-boutant des pieds, se renversait avec une torsion de la taille, pour avoir plus de force. La grêle cinglait ses mains, la pluie coulait dans son dos, la violence de l'air l'étouffait, il s'arrêta. Alors le bateau fut emporté à la dérive. Mais, comprenant qu'il s'agissait d'une chose considérable, d'un ordre auquel il ne fallait pas désobéir, il reprit ses avirons; et le claquement des tolets coupait la clameur de la tempête.

La petite lanterne brûlait devant lui. Des oiseaux, en voletant, la cachaient par intervalles. Mais toujours il apercevait les prunelles du Lépreux qui se tenait debout à l'arrière, immobile comme une colonne.

Et cela dura longtemps, très longtemps !

Quand ils furent arrivés dans la cahute, Julien ferma la porte; et il le vit siégeant sur l'escabeau. L'espèce de linceul qui le recouvrait était tombé jusqu'à ses hanches; et ses épaules, sa poitrine, ses bras maigres disparaissaient sous des plaques de pustules écailleuses. Des rides énormes labouraient son front. Tel qu'un squelette, il avait un trou à la place du nez; et ses lèvres bleuâtres dégageaient une haleine épaisse comme du brouillard, et nauséabonde.

— « J'ai faim ! » dit-il.

Julien lui donna ce qu'il possédait, un vieux quartier de lard et les croûtes d'un pain noir.

Quand il les eut dévorés, la table, l'écuelle et le manche du couteau portaient les mêmes taches que l'on voyait sur son corps.

Ensuite, il dit : — « J'ai soif ! »

Julien alla chercher sa cruche; et, comme il la prenait, il en sortit un arome qui dilata son cœur et ses narines. C'était du vin; quelle trouvaille ! mais le Lépreux avança le bras, et d'un trait vida toute la cruche.

Puis il dit : — « J'ai froid ! »

Julien, avec sa chandelle, enflamma un paquet de fougères, au milieu de la cabane.

Le Lépreux vint s'y chauffer; et, accroupi sur les talons, il tremblait de tous ses membres, s'affaiblissait; ses yeux ne brillaient plus, ses ulcères coulaient, et d'une voix presque éteinte, il murmura — « Ton lit ! »

Julien l'aida doucement à s'y traîner, et même étendit sur lui, pour le couvrir, la toile de son bateau.

Le Lépreux gémissait. Les coins de sa bouche découvraient ses dents, un râle accéléré lui secouait la poitrine, et son ventre, à chacune de ses aspirations, se creusait jusqu'aux vertèbres.

Puis il ferma les paupières.

— « C'est comme de la glace dans mes os ! Viens près de moi ! »

Et Julien, écartant la toile, se coucha sur les feuilles mortes, près de lui, côte à côte.

Le Lépreux tourna la tête.

« Déshabille-toi, pour que j'aie la chaleur de ton corps ! »

Julien ôta ses vêtements; puis, nu comme au jour de sa naissance, se replaça dans le lit;

et il sentait contre sa cuisse la peau du Lépreux, plus froide qu'un serpent et rude comme une lime.

Il tâchait de l'encourager; et l'autre répondait, en haletant :

— « Ah ! je vais mourir !... Rapproche-toi, réchauffe-moi ! Pas avec les mains ! non ! toute ta personne. »

Julien s'étala dessus complètement, bouche contre bouche, poitrine sur poitrine.

Alors le Lépreux l'étreignit; et ses yeux tout à coup prirent une clarté d'étoiles; ses cheveux s'allongèrent comme les rais du soleil; le souffle de ses narines avait la douceur des roses; un nuage d'encens s'éleva du foyer, les flots chantaient. Cependant une abondance de délices, une joie surhumaine descendait comme une inondation dans l'âme de Julien pâmé; et celui dont les bras le serraient toujours grandissait, grandissait, touchant de sa tête et de ses pieds les deux murs de la cabane. Le toit s'envola, le firmament se déployait; — et Julien monta vers les espaces bleus, face à face avec Notre-Seigneur Jésus, qui l'emportait dans le ciel.

Et voilà l'histoire de saint Julien l'Hospitalier, telle à peu près qu'on la trouve, sur un vitrail d'église, dans mon pays.

HÉRODIAS

I

La citadelle de Machærous se dressait à l'orient de la mer Morte, sur un pic de basalte ayant la forme d'un cône. Quatre vallées profondes l'entouraient, deux vers les flancs, une en face, la quatrième au-delà. Des maisons se tassaient contre sa base, dans le cercle d'un mur qui ondulait suivant les inégalités du terrain; et, par un chemin en zigzag tailladant le rocher, la ville se reliait à la forteresse, dont les murailles étaient hautes de cent vingt coudées, avec des angles nombreux, des créneaux sur le bord, et, çà et là, des tours qui faisaient comme des fleurons à cette couronne de pierres, suspendue au-dessus de l'abîme.

Il y avait dans l'intérieur un palais orné de portiques, et couvert d'une terrasse que fermait une balustrade en bois de sycomore, où des mâts étaient disposés pour tendre un vélarium.

Un matin, avant le jour, le Tétrarque Hérode Antipas vint s'y accouder, et regarda.

Les montagnes, immédiatement sous lui, commençaient à découvrir leurs crêtes, pendant que leur masse, jusqu'au fond des abîmes, était encore dans l'ombre. Un brouillard flottait, il se déchira, et les contours de la mer Morte apparurent. L'aube, qui se levait derrière Machærous, épandait une rougeur. Elle illumina bientôt les sables de la grève, les collines, le désert, et, plus loin, tous les monts de la Judée, inclinant leurs surfaces raboteuses et grises. Engaddi, au milieu, traçait une barre noire; Hébron, dans l'enfoncement, s'arrondissait en dôme; Esquol avait des grenadiers, Sorek des vignes, Karmel des champs de sésame; et la tour Antonia, de son cube monstrueux, dominait Jérusalem. Le Tétrarque en détourna la vue pour contempler, à droite, les palmiers de Jéricho; et il songea aux autres villes de sa Galilée : Capharnaüm, Endor, Nazareth, Tibérias où peut-être il ne reviendrait plus. Cependant le Jourdain coulait sur la plaine aride. Toute blanche, elle éblouissait comme une nappe de neige. Le lac, maintenant, semblait en lapis-lazuli; et à sa pointe méridionale, du côté de l'Yémen, Antipas reconnut ce qu'il craignait d'apercevoir. Des tentes brunes étaient dispersées; des hommes avec des lances circulaient entre les chevaux, et des feux s'éteignant brillaient comme des étincelles à ras du sol.

C'étaient les troupes du roi des Arabes, dont il avait répudié la fille pour prendre Hérodias, mariée à l'un de ses frères qui vivait en Italie, sans prétentions au pouvoir.

Antipas attendait les secours des Romains; et Vitellius, gouverneur de la Syrie, tardant à paraître, il se rongeait d'inquiétudes.

Agrippa, sans doute, l'avait ruiné chez l'Empereur ? Philippe, son troisième frère, souverain de la Batanée, s'armait clandestinement. Les Juifs ne voulaient plus de ses mœurs idolâtres, tous les autres de sa domination; si bien qu'il hésitait entre deux projets : adoucir les Arabes ou conclure une alliance avec les Parthes; et, sous le prétexte de fêter son anniversaire, il avait convié, pour ce jour même, à un grand festin, les chefs de ses troupes, les régisseurs de ses campagnes et les principaux de la Galilée.

Il fouilla d'un regard aigu toutes les routes. Elles étaient vides. Des aigles volaient au-dessus de sa tête; les soldats, le long du rempart, dormaient contre les murs; rien ne bougeait dans le château.

Tout à coup, une voix lointaine, comme échappée des profondeurs de la terre, fit pâlir le Tétrarque. Il se pencha pour écouter; elle avait disparu. Elle reprit; et en claquant dans ses mains, il cria : — « Mannaeï Mannaeï ! »

Un homme se présenta, nu jusqu'à la ceinture, comme les masseurs des bains. Il était très grand, vieux, décharné, et portait sur la cuisse un coutelas dans une gaine de bronze. Sa chevelure, relevée par un peigne, exagérait la longueur de son front. Une somnolence décolorait ses yeux, mais ses dents brillaient, et ses orteils posaient légèrement sur les dalles, tout son corps ayant la souplesse d'un singe, et sa figure l'impassibilité d'une momie.

— « Où est-il ? » demanda le Tétrarque.

Mannaeï répondit, en indiquant avec son pouce un objet derrière eux :

— « Là ! toujours ! »

— « J'avais cru l'entendre ! »

Et Antipas, quand il eut respiré largement, s'informa de Iaokanann, le même que les Latins appellent saint Jean-Baptiste. Avait-on revu ces deux hommes, admis par indulgence, l'autre mois, dans son cachot, et savait-on, depuis lors, ce qu'ils étaient venus faire ?

Mannaeï répliqua :

— « Ils ont échangé avec lui des paroles mystérieuses, comme les voleurs, le soir, aux carrefours des routes. Ensuite ils sont partis vers la Haute-Galilée, en annonçant qu'ils apporteraient une grande nouvelle. »

Antipas baissa la tête, puis d'un air d'épouvante :

— « Garde-le ! garde-le ! Et ne laisse entrer personne ! Ferme bien la porte ! Couvre la fosse ! On ne doit pas même soupçonner qu'il vit ! »

Sans avoir reçu ces ordres, Mannaeï les accomplissait; car Iaokanann était Juif, et il exécrait les Juifs comme tous les Samaritains.

Leur temple de Garizim, désigné par Moïse pour être le centre d'Israël, n'existait plus de-

puis le roi Hyrcan; et celui de Jérusalem les
mettait dans la fureur d'un outrage, et d'une
injustice permanente. Mannaeï s'y était introduit, afin d'en souiller l'autel avec des os de
morts. Ses compagnons, moins rapides, avaient
été décapités.

Il l'aperçut dans l'écartement de deux collines. Le soleil faisait resplendir ses murailles de
marbre blanc et les lames d'or de sa toiture.
C'était comme une montagne lumineuse, quelque chose de surhumain, écrasant tout de son
opulence et de son orgueil.

Alors il étendit les bras du côté de Sion; et,
la taille droite, le visage en arrière, les poings
fermés, lui jeta un anathème, croyant que les
mots avaient un pouvoir effectif.

Antipas écoutait, sans paraître scandalisé.

Le Samaritain dit encore :

— « Par moments il s'agite, il voudrait fuir,
il espère une délivrance. D'autres fois, il a l'air
tranquille d'une bête malade; ou bien je le vois
qui marche dans les ténèbres, en répétant :
« Qu'importe ? Pour qu'il grandisse, il faut
que je diminue ! »

Antipas et Mannaeï se regardèrent. Mais le
Tétrarque était las de réfléchir.

Tous ces monts autour de lui, comme des
étages de grands flots pétrifiés, les gouffres
noirs sur le flanc des falaises, l'immensité du
ciel bleu, l'éclat violent du jour, la profondeur
des abîmes le troublaient; et une désolation
l'envahissait au spectacle du désert, qui figure,

dans le bouleversement de ses terrains, des am-
phithéâtres et des palais abattus. Le vent chaud
apportait, avec l'odeur du soufre, comme l'ex-
halaison des villes maudites, ensevelies plus bas
que le rivage sous les eaux pesantes. Ces mar-
ques d'une colère immortelle effrayaient sa pensée ; et il restait les deux coudes sur la balustrade, les yeux fixes et les tempes dans les
mains. Quelqu'un l'avait touché. Il se retourna.
Hérodias était devant lui.

Une simarre de pourpre légère l'enveloppait
jusqu'aux sandales. Sortie précipitamment de sa
chambre, elle n'avait ni colliers ni pendants
d'oreilles ; une tresse de ses cheveux noirs lui
tombait sur un bras, et s'enfonçait, par le bout,
dans l'intervalle de ses deux seins. Ses narines,
trop remontées, palpitaient ; la joie d'un triomphe éclairait sa figure ; et, d'une voix forte, secouant le Tétrarque :

— « César nous aime ! Agrippa est en prison ! »

— « Qui te l'a dit ? »

— « Je le sais ! »

Elle ajouta :

— « C'est pour avoir souhaité l'empire à
Caïus ! »

Tout en vivant de leurs aumônes, il avait bri-
gué le titre de roi, qu'ils embitionnaient comme
lui. Mais dans l'avenir plus de craintes !
— « Les cachots de Tibère s'ouvrent difficilement,
et quelquefois l'existence n'y est pas sûre ! »

Antipas la comprit ; et, bien qu'elle fût la sœur

d'Agrippa, son intention atroce lui semble jus-
tifiée. Ces meurtres étaient une conséquence des
choses, une fatalité des maisons royales. Dans
celle d'Hérode, on ne les comptait plus.

Puis elle étala son entreprise : les clients
achetés, les lettres découvertes, des espions à
toutes les portes, et comment elle était parvenue à séduire Eutychès le dénonciateur.
— « Rien ne me coûtait ! Pour toi, n'ai-je pas
fait plus ?... J'ai abandonné ma fille ! »

Après son divorce, elle avait laissé dans
Rome cette enfant, espérant bien en avoir d'autres du Tétrarque. Jamais elle n'en parlait. Il se
demanda pourquoi son accès de tendresse.

On avait déplié le vélarium et apporté vivement de larges coussins auprès d'eux. Hérodias
s'y affaissa, et pleurait, en tournant le dos. Puis
elle se passa la main sur les paupières, dit
qu'elle n'y voulait plus songer, qu'elle se trouvait heureuse; et elle lui rappela leurs causeries
là-bas, dans l'atrium, les rencontres aux étuves,
leurs promenades le long de la voie Sacrée, et
les soirs, dans les grandes villas, au murmure
des jets d'eau, sous des arcs de fleurs, devant la
campagne romaine. Elle le regardait comme autrefois, en se frôlant contre sa poitrine, avec
des gestes câlins. — Il la repoussa. L'amour
qu'elle tâchait de ranimer était si loin, maintenant ! Et tous ses malheurs en découlaient; car,
depuis douze ans bientôt, la guerre continuait.
Elle avait vieilli le Tétrarque. Ses épaules se voû-
taient dans une toge sombre, à bordure violette;

ses cheveux blancs se mêlaient à sa barbe, et le
soleil, qui traversait le voile, baignait de lumière
son front chagrin. Celui d'Hérodias également
avait des plis; et, l'un en face de l'autre, ils se
considéraient d'une manière farouche.

Les chemins dans la montagne commencèrent
à se peupler. Des pasteurs piquaient des bœufs,
des enfants tiraient des ânes, des palefreniers
conduisaient des chevaux. Ceux qui descendaient les hauteurs au-delà de Machærous disparaissaient derrière le château; d'autres montaient le ravin en face, et, parvenus à la ville,
déchargeaient leurs bagages dans les cours.
C'étaient les pourvoyeurs du Tétrarque, et des
valets, précédant ses convives.

Mais au fond de la terrasse, à gauche, un Essénien parut, en robe blanche, nu-pieds, l'air
stoïque. Mannaeï, du côté droit, se précipitait
en levant son coutelas.

Hérodias lui cria : — « Tue-le ! »

— « Arrête ! » dit le Tétrarque.

Il devint immobile; l'autre aussi.

Puis ils se retirèrent, chacun par un escalier
différent, à reculons, sans se perdre des yeux.

— « Je le connais ! » dit Hérodias, « il se
nomme Phanuel, et cherche à voir Iaokanann,
puisque tu as l'aveuglement de le conserver ! »

Antipas objecta qu'il pouvait un jour servir.
Ses attaques contre Jérusalem gagnaient à eux
le reste des Juifs.

— « Non! » reprit-elle, « ils acceptent tous les
maîtres, et ne sont pas capables de faire une

patrie ! » Quant à celui qui remuait le peuple avec des espérances conservées depuis Néhémias, la meilleure politique était de le supprimer.

Rien ne pressait, selon le Tétrarque. Iaoka-nann dangereux ! Allons donc ! Il affectait d'en rire.

— « Tais-toi ! » Et elle redit son humilia-tion, un jour qu'elle allait vers Galaad, pour la récolte du baume. « — Des gens, au bord du fleuve, remettaient leurs habits sur un monti-cule, à côté, un homme parlait. Il avait une peau de chameau autour des reins, et sa tête ressemblait à celle d'un lion. Dès qu'il m'aper-çut, il cracha sur moi toutes les malédictions des prophètes. Ses prunelles flamboyaient; sa voix rugissait; il levait les bras, comme pour arracher le tonnerre. Impossible de fuir ! les roues de mon char avaient du sable jusqu'aux essieux; et je m'éloignais lentement, m'abritant sous mon manteau, glacée par ces injures qui tombaient comme une pluie d'orage. »

Iaokanann l'empêchait de vivre. Quand on l'avait pris et lié avec des cordes, les soldas de-vaient le poignarder s'il résistait; il s'était mon-tré doux. On avait mis des serpents dans sa prison; ils étaient morts.

L'inanité de ces embûches exaspérait Héro-dias. D'ailleurs, pourquoi sa guerre contre elle ? Quel intérêt le poussait ? Ses discours, criés à des foules, s'étaient répandus, circu-laient; elle les entendait partout, ils emplis-saient l'air. Contre des légions elle aurait eu de la bravoure. Mais cette force plus pernicieuse que les glaives, et qu'on ne pouvait saisir, était stupéfiante; et elle parcourait la terrasse, blêmie par sa colère, manquant de mots pour exprimer ce qui l'étouffait.

Elle songeait aussi que le Tétrarque, cédant à l'opinion, s'aviserait peut-être de la répudier. Alors tout serait perdu ! Depuis son enfance, elle nourrissait le rêve d'un grand empire. C'était pour y atteindre que, délaissant son premier époux, elle s'était jointe à celui-là, qui l'avait dupée, pensait-elle.

— « J'ai pris un bon soutien, en entrant dans ta famille ! »

— « Elle vaut la tienne ! » dit simplement le Tétrarque.

Hérodias sentit bouillonner dans ses veines le sang des prêtres et des rois ses aïeux.

— « Mais ton grand-père balayait le temple d'Ascalon ! Les autres étaient bergers, bandits, conducteurs de caravanes, une horde, tributaire de Juda depuis le roi David ! Tous mes ancêtres ont battu les tiens ! Le premier des Makkabi vous a chassés d'Hébron, Hyrcan forcés à vous circoncire! » Et, exhalant le mépris de la patricienne pour le plébéien, la haine de Jacob contre Édom, elle lui reprocha son indifférence aux outrages, sa mollesse envers les Pharisiens qui le trahissaient, sa lâcheté pour le peuple qui la détestait. « Tu es comme lui, avoue-le! et tu regrettes la fille arabe qui danse autour des pierres. Reprends-la ! Va-t'en vivre avec elle,

dans sa maison de toile ! dévore son pain cuit
sous la cendre ! avale le lait caillé de ses brebis !
baise ses joues bleues ! et oublie-moi ! »

Le Tétrarque n'écoutait plus. Il regardait la
plate-forme d'une maison, où il y avait une
jeune fille, et une vieille femme tenant un parasol à manche de roseau, long comme la ligne
d'un pêcheur. Au milieu du tapis, un grand panier de voyage restait ouvert. Des ceintures, des
voiles, des pendeloques d'orfèvrerie en débor-
daient confusément. La jeune fille, par intervalles, se penchait vers ces choses, et les secouait à
l'air. Elle était vêtue comme les Romaines,
d'une tunique calamistrée avec un péplum à
glands d'émeraude ; et des lanières bleues enfermaient sa chevelure, trop lourde, sans doute,
car, de temps à autre, elle y portait la main.
L'ombre du parasol se promenait au-dessus
d'elle, en la cachant à demi. Antipas aperçut
deux ou trois fois son col délicat, l'angle d'un
œil, le coin d'une petite bouche. Mais il voyait,
des hanches à la nuque, toute sa taille qui s'in-
clinait pour se redresser d'une manière élasti-
que. Il épiait le retour de ce mouvement, et sa
respiration devenait plus forte ; des flammes
s'allumaient dans ses yeux. Hérodias l'observait.

Il demanda : — « Qui est-ce ? »

Elle répondit n'en rien savoir, et s'en alla
soudainement apaisée.

Le Tétrarque était attendu sous les portiques
par des Galiléens, le maître des écritures, le
chef des pâturages, l'administrateur des salines

et un Juif de Babylone, commandant ses cavaliers. Tous le saluèrent d'une acclamation. Puis,
il disparut vers les chambres intérieures.

Phanuel surgit à l'angle d'un couloir.

— « Ah ! encore ? Tu viens pour Iaokanann,
sans doute ? »

— « Et pour toi ! j'ai à t'apprendre une
chose considérable. »

Et, sans quitter Antipas, il pénétra, derrière
lui, dans un appartement obscur.

Le jour tombait par un grillage, se dévelop-
pant tout du long sous la corniche. Les murailles étaient peintes d'une couleur grenat, presque noir. Dans le fond s'étalait un lit d'ébène,
avec des sangles en peau de bœuf. Un bouclier
d'or, au-dessus, luisait comme un soleil.

Antipas traversa toute la salle, se coucha sur
le lit.

Phanuel était debout. Il leva son bras, et
dans une attitude inspirée :

— « Le Très-Haut envoie par moments un
de ses fils. Iaokanann en est un. Si tu l'oppri-
mes, tu seras châtié. »

— « C'est lui qui me persécute ! » s'écria Antipas. « Il a voulu de moi une action impossible. Depuis ce temps-là il me déchire. Et je
n'étais pas dur, au commencement ! Il a même
dépêché de Machaerous des hommes qui boule-
versent mes provinces. Malheur à sa vie ! Puisqu'il m'attaque, je me défends ! »

— « Ses colères ont trop de violence », répliqua
Phanuel. « N'importe! Il faut le délivrer. »

— « On ne relâche pas les bêtes furieuses ! »
dit le Tétrarque.

L'Essénien répondit :

— « Ne t'inquiète plus ! Il ira chez les Arabes, les Gaulois, les Scythes. Son œuvre doit
s'étendre jusqu'au bout de la terre ! »

Antipas semblait perdu dans une vision.

— « Sa puissance est forte !... Malgré moi, je
l'aime ! »

— « Alors, qu'il soit libre ? »

Le Tétrarque hocha la tête. Il craignait Hérodias, Mannaeï et l'inconnu.

Phanuel tâcha de le persuader, en alléguant,
pour garantie de ses projets, la soumission des
Esséniens aux rois. On respectait ces hommes
pauvres, indomptables par les supplices, vêtus
de lin, et qui lisaient l'avenir dans les étoiles.

Antipas se rappela un mot de lui, tout à
l'heure.

— « Quelle est cette chose, que tu m'annon-
çais comme importante ? »

Un nègre survint. Son corps était blanc de
poussière. Il râlait et ne put que dire :

— « Vitellius ! »

— « Comment ? Il arrive ? »

— « Je l'ai vu. Avant trois heures, il est ici! »

Les portières des corridors furent agitées
comme par le vent. Une rumeur emplit le château, un vacarme de gens qui couraient, de
meubles qu'on traînait, d'argenteries s'écrou-
lant; et, du haut des tours, des buccins sonnaient, pour avertir les esclaves dispersés.

II

Les remparts étaient couverts de monde quand Vitellius entra dans la cour. Il s'appuyait sur le bras de son interprète, suivi d'une grande litière rouge ornée de panaches et de miroirs, ayant la toge, le laticlave, les brodequins d'un consul et des licteurs autour de sa personne.

Ils plantèrent contre la porte leurs douze faisceaux, des baguettes reliées par une courroie avec une hache dans le milieu. Alors, tous frémirent devant la majesté du peuple romain.

La litière, que huit hommes manœuvraient, s'arrêta. Il en sortit un adolescent, le ventre gros, la face bourgeonnée, des perles le long des doigts. On lui offrit une coupe pleine de vin et d'aromates. Il la but, et en réclama une seconde.

Le Tétrarque était tombé aux genoux du Proconsul, chagrin, disait-il, de n'avoir pas connu plus tôt la faveur de sa présence. Autrement, il eût ordonné sur les routes tout ce

qu'il fallait pour les Vitellius. Ils descendaient
de la déesse Vitellia. Une voie, menant du Jani-
cule à la mer, portait encore leur nom. Les
questures, les consulats étaient innombrables
dans la famille; et quant à Lucius, maintenant
son hôte, on devait le remercier comme vain-
queur des Clites et père de ce jeune Aulus, qui
semblait revenir dans son domaine, puisque
l'Orient était la patrie des dieux. Ces hyperbo-
les furent exprimées en latin. Vitellius les ac-
cepta impassiblement.

Il répondit que le grand Hérode suffisait à la
gloire d'une nation. Les Athéniens lui avaient
donné la surintendance des jeux Olympiques. Il
avait bâti des temples en l'honneur d'Auguste,
été patient, ingénieux, terrible, et fidèle toujours aux Césars.

Entre les colonnes à chapiteaux d'airain, on
aperçut Hérodias qui s'avançait d'un air d'im-
pératrice, au milieu de femmes et d'eunuques
tenant sur des plateaux de vermeil des parfums
allumés.

Le Proconsul fit trois pas à sa rencontre; et,
l'ayant saluée d'une inclinaison de tête :

— « Quel bonheur ! » s'écria-t-elle, « que
désormais Agrippa, l'ennemi de Tibère, fût
dans l'impossibilité de nuire ! »

Il ignorait l'événement, elle lui parut dangereuse; et comme Antipas jurait qu'il ferait tout
pour l'Empereur, Vitellius ajouta : « Même au
détriment des autres ? »

Il avait tiré des otages du roi des Parthes, et

l'Empereur n'y songeait plus; car Antipas, présent à la conférence, pour se faire valoir, en avait tout de suite expédié la nouvelle. De là, une haine profonde, et les retards à fournir des secours.

Le Tétrarque balbutia. Mais Aulus dit en riant :

— « Calme-toi, je te protège ! »

Le Proconsul feignit de n'avoir pas entendu. La fortune du père dépendait de la souillure du fils; et cette fleur des fanges de Caprée lui procurait des bénéfices tellement considérables, qu'il l'entourait d'égards, tout en se méfiant, parce qu'elle était vénéneuse.

Un tumulte s'éleva sous la porte. On introduisait une file de mules blanches, montées par des personnages en costume de prêtres. C'étaient des Sadducéens et des Pharisiens, que la même ambition poussait à Machærous, les premiers voulant obtenir la sacrificature, et les autres la conserver. Leurs visages étaient sombres, ceux des Pharisiens surtout, ennemis de Rome et du Tétrarque. Les pans de leur tunique les embarrassaient dans la cohue; et leur tiare chancelait à leur front par-dessus des bandelettes de parchemin, où des écritures étaient tracées.

Presque en même temps, arrivèrent des soldats de l'avant-garde. Ils avaient mis leurs boucliers dans des sacs, par précaution contre la poussière; et derrière eux était Marcellus, lieutenant du Proconsul, avec des publicains, serrant sous leurs aisselles des tablettes de bois.

Antipas nomma les principaux de son entourage : Tolmaï, Kanthera, Séhon, Ammonius d'Alexandrie, qui lui achetait de l'asphalte, Naâmann, capitaine de ses vélites, Iaçim le Babylonien.

Vitellius avait remarqué Mannaeï.

— « Celui-là, qu'est-ce donc ? »

Le Tétrarque fit comprendre, d'un geste, que c'était le bourreau.

Puis, il présenta les Sadducéens.

Jonathas, un petit homme libre d'allures et parlant grec, supplia le maître de les honorer d'une visite à Jérusalem. Il s'y rendrait probablement.

Éléazar, le nez crochu et la barbe longue, réclama pour les Pharisiens le manteau du grand prêtre détenu dans la tour Antonia par l'autorité civile.

Ensuite, les Galiléens dénoncèrent Ponce Pilate. A l'occasion d'un fou qui cherchait les vases d'or de David dans une caverne, près de Samarie, il avait tué des habitants; et tous parlaient à la fois, Mannaeï plus violemment que les autres. Vitellius affirma que les criminels seraient punis.

Des vociférations éclatèrent en face d'un portique, où les soldats avaient suspendu leurs boucliers. Les housses étant défaites, on voyait sur les *umbo* la figure de César. C'était pour les Juifs une idolâtrie. Antipas les harangua, pen-

dant que Vitellius, dans la colonnade, sur un
siège élevé, s'étonnait de leur fureur. Tibère
avait eu raison d'en exiler quatre cents en Sar-
daigne. Mais chez eux ils étaient forts; et il
commanda de retirer les boucliers.

Alors, ils entourèrent le Proconsul, en implo-
rant des réparations d'injustice, des privilèges,
des aumônes. Les vêtements étaient déchirés,
on s'écrasait; et, pour faire de la place, des esclaves avec des bâtons frappaient de droite et
de gauche. Les plus voisins de la porte descen-
dirent sur le sentier, d'autres le montaient; ils
refluèrent; deux courants se croisaient dans
cette masse d'hommes qui oscillait, comprimée
par l'enceinte des murs.

Vitellius demanda pourquoi tant de monde.
Antipas en dit la cause : le festin de son anniversaire; et il montra plusieurs de ses gens,
qui, penchés sur les créneaux, halaient d'im-
menses corbeilles de viandes, de fruits, de légumes, des antilopes et des cigognes, de larges
poissons couleur d'azur, des raisins, des pastè-
ques, des grenades élevées en pyramides. Aulus
n'y tint pas. Il se précipita vers les cuisines,
emporté par cette goinfrerie qui devait surprendre l'univers.

En passant près d'un caveau, il aperçut des
marmites pareilles à des cuirasses. Vitellius vint
les regarder; et exigea qu'on lui ouvrît les
chambres souterraines de la forteresse.

Elles étaient taillées dans le roc en hautes
voûtes, avec des piliers de distance en distance.

La première contenait de vieilles armures; mais la seconde regorgeait de piques, et qui allongeaient toutes leurs pointes, émergeant d'un bouquet de plumes. La troisième semblait tapissée en nattes de roseaux, tant les flèches minces étaient perpendiculairement les unes à côté des autres. Des lames de cimeterres couvraient les parois de la quatrième. Au milieu de la cinquième, des rangs de casques faisaient, avec leurs crêtes, comme un bataillon de serpents rouges. On ne voyait dans la sixième que des carquois; dans la septième, que des cnémides; dans la huitième, que des brassards; dans les suivantes, des fourches, des grappins, des échelles, des cordages, jusqu'à des mâts pour les catapultes, jusqu'à des grelots pour le poitrail des dromadaires ! et comme la montagne allait en s'élargissant vers sa base, évidée à l'intérieur telle qu'une ruche d'abeilles, au-dessous de ces chambres il y en avait de plus nombreuses, et d'encore plus profondes.

Vitellius, Phinées son interprète, et Sisenna le chef des publicains, les parcouraient à la lumière des flambeaux, que portaient trois eunuques.

On distinguait dans l'ombre des choses hideuses inventées par les barbares : casse-tête garnis de clous, javelots empoisonnant les blessures, tenailles qui ressemblaient à des mâchoires de crocodile; enfin le Tétrarque possédait dans Machærous des munitions de guerre pour quarante mille hommes.

Il les avait rassemblées en prévision d'une alliance de ses ennemis. Mais le Proconsul pouvait croire, ou dire, que c'était pour combattre les Romains, et il cherchait des explications.

Elles n'étaient pas à lui; beaucoup servaient à se défendre des brigands; d'ailleurs il en fallait contre les Arabes; ou bien, tout cela avait appartenu à son père. Et, au lieu de marcher derrière le Proconsul, il allait devant, à pas rapides. Puis il se rangea le long du mur, qu'il masquait de sa toge, avec ses deux coudes écartés; mais le haut d'une porte dépassait sa tête. Vitellius la remarqua, et voulut savoir ce qu'elle enfermait.

Le Babylonien pouvait seul l'ouvrir.

— « Appelle le Babylonien ! »

On l'attendit.

Son père était venu des bords de l'Euphrate s'offrir au grand Hérode, avec cinq cents cavaliers, pour défendre les frontières orientales. Après le partage du royaume, Iaçim était demeuré chez Philippe, et maintenant servait Antipas.

Il se présenta, un arc sur l'épaule, un fouet à la main. Des cordons multicolores serraient étroitement ses jambes torses. Ses gros bras sortaient d'une tunique sans manches, et un bonnet de fourrure ombrageait sa mine, dont la barbe était frisée en anneaux.

D'abord, il eut l'air de ne pas comprendre l'interprète. Mais Vitellius lança un coup d'œil à Antipas, qui répéta tout de suite son com-

mandement. Alors Iaçim appliqua ses deux
mains contre la porte. Elle glissa dans le mur.

Un souffle d'air chaud s'exhala des ténèbres.
Une allée descendait en tournant; ils la prirent
et arrivèrent au seuil d'une grotte, plus étendue
que les autres souterrains.

Une arcade s'ouvrait au fond sur le précipice, qui de ce côté-là défendait la citadelle.
Un chèvrefeuille, se cramponnant à la voûte,
laissait retomber ses fleurs en pleine lumière. A
ras du sol, un filet d'eau murmurait.

Des chevaux blancs étaient là, une centaine
peut-être, et qui mangeaient de l'orge sur une
planche au niveau de leur bouche. Ils avaient
tous la crinière peinte en bleu, les sabots dans
des mitaines de sparterie, et les poils d'entre
les oreilles bouffant sur le frontal, comme une
perruque. Avec leur queue très longue, ils se
battaient mollement les jarrets. Le Proconsul en
resta muet d'admiration.

C'étaient de merveilleuses bêtes, souples
comme des serpents, légères comme des oiseaux. Elles partaient avec la flèche du cavalier,
renversaient les hommes en les mordant au
ventre, se tiraient de l'embarras des rochers,
sautaient par-dessus des abîmes, et pendant
tout un jour continuaient dans les plaines leur
galop frénétique; un mot les arrêtait. Dès que
Iaçim entra, elles vinrent à lui, comme des
moutons quand paraît le berger; et, avançant
leur encolure, elles le regardaient inquiètes avec
leurs yeux d'enfant. Par habitude, il lança du

fond de sa gorge un cri rauque qui les mit en gaieté; et elles se cabraient, affamées d'espace, demandant à courir.

Antipas, de peur que Vitellius ne les enlevât, les avait emprisonnées dans cet endroit, spécial pour les animaux, en cas de siège.

— « L'écurie est mauvaise », dit le Proconsul, « et tu risques de les perdre ! Fais l'inventaire, Sisenna ! »

Le publicain retira une tablette de sa ceinture, compta les chevaux et les inscrivit.

Les agents des compagnies fiscales corrompaient les gouverneurs, pour piller les provinces. Celui-là flairait partout, avec sa mâchoire de fouine et ses paupières clignotantes.

Enfin, on remonta dans la cour.

Des rondelles de bronze au milieu des pavés, çà et là, couvraient les citernes. Il en observa une, plus grande que les autres, et qui n'avait pas sous les talons leur sonorité. Il les frappa toutes alternativement, puis hurla, en piétinant :

— « Je l'ai ! je l'ai ! C'est ici le trésor d'Hérode ! »

La recherche de ses trésors était une folie des Romains.

Ils n'existaient pas, jura le Tétrarque.

Cependant, qu'y avait-il là-dessous ?

— « Rien ! un homme, un prisonnier. »

— « Montre-le ! » dit Vitellius.

Le Tétrarque n'obéit pas; les Juifs auraient connu son secret. Sa répugnance à ouvrir la rondelle impatientait Vitellius.

— « Enfoncez-la ! » cria-t-il aux licteurs.

Mannaeï avait deviné ce qui les occupait. Il crut, en voyant une hache, qu'on allait décapiter Iaokanann; et il arrêta le licteur au premier coup sur la plaque, insinua entre elle et les pavés une manière de crochet, puis, roidissant ses longs bras maigres, la souleva doucement, elle s'abattit; tous admirèrent la force de ce vieillard. Sous le couvercle doublé de bois, s'étendait une trappe de même dimension. D'un coup de poing, elle se replia en deux panneaux; on vit alors un trou, une fosse énorme que contournait un escalier sans rampe; et ceux qui se penchèrent sur le bord aperçurent au fond quelque chose de vague et d'effrayant.

Un être humain était couché par terre sous de longs cheveux se confondant avec les poils de bête qui garnissaient son dos. Il se leva. Son front touchait à une grille horizontalement scellée; et, de temps à autre, il disparaissait dans les profondeurs de son antre.

Le soleil faisait briller la pointe des tiares, le pommeau des glaives, chauffait à outrance les dalles; et des colombes, s'envolant des frises, tournoyaient au-dessus de la cour. C'était l'heure où Mannaeï, ordinairement, leur jetait du grain. Il se tenait accroupi devant le Tétrarque, qui était debout près de Vitellius. Les Galiléens, les prêtres, les soldats, formaient un cercle par-derrière; tous se taisaient, dans l'angoisse de ce qui allait arriver.

Ce fut d'abord un grand soupir, poussé d'une voix caverneuse.

Hérodias l'entendit à l'autre bout du palais. Vaincue par une fascination, elle traversa la foule; et elle écoutait, une main sur l'épaule de Mannaeï, le corps incliné.

La voix s'éleva :

« Malheur à vous, Pharisiens et Sadducéens, race de vipères, outres gonflées, cymbales retentissantes ! »

On avait reconnu Iaokanann. Son nom circulait. D'autres accoururent.

— « Malheur à toi, ô peuple ! et aux traîtres de Juda, aux ivrognes d'Ephraïm, à ceux qui habitent la vallée grasse, et que les vapeurs du vin font chanceler !

« Qu'ils se dissipent comme l'eau qui s'écoule, comme la limace qui se fond en marchant, comme l'avorton d'une femme qui ne voit pas le soleil.

« Il faudra, Moab, te réfugier dans les cyprès comme les passereaux, dans les cavernes comme les gerboises. Les portes des forteresses seront plus vite brisées que des écailles de noix, les murs crouleront, les villes brûleront; et le fléau de l'Éternel ne s'arrêtera pas. Il retournera vos membres dans votre sang, comme de la laine dans la cuve d'un teinturier. Il vous déchirera comme une herse neuve; il répandra sur les montagnes tous les morceaux de votre chair! »

De quel conquérant parlait-il ? Était-ce de Vitellius ? Les Romains seuls pouvaient produire cette extermination. Des plaintes s'échappaient : — « Assez ! assez ! qu'il finisse ! »

Il continua, plus haut :

— « Auprès du cadavre de leurs mères, les petits enfants se traîneront sur les cendres. On ira, la nuit, chercher son pain à travers les décombres, au hasard des épées. Les chacals s'arracheront des ossements sur les places publiques, où le soir les vieillards causaient. Tes vierges, en avalant leurs pleurs, joueront de la cithare dans les festins de l'étranger, et tes fils les plus braves baisseront leur échine, écorchée par des fardeaux trop lourds ! »

Le peuple revoyait les jours de son exil, toutes les catastrophes de son histoire. C'étaient les paroles des anciens prophètes. Iaokanann les envoyait, comme de grands coups, l'une après l'autre.

Mais la voix se fit douce, harmonieuse, chantante. Il annonçait un affranchissement, des splendeurs au ciel, le nouveau-né un bras dans la caverne du dragon, l'or à la place de l'argile, le désert s'épanouissant comme une rose :

— « Ce qui maintenant vaut soixante kiccars ne coûtera pas une obole. Des fontaines de lait jailliront des rochers; on s'endormira dans les pressoirs le ventre plein ! Quand viendras-tu, toi que j'espère ? D'avance, tous les peuples s'agenouillent, et ta domination sera éternelle, Fils de David ! »

Le Tétrarque se rejeta en arrière, l'existence d'un Fils de David l'outrageant comme une menace.

Iaokanann l'invectiva pour sa royauté. — « Il

n'y a pas d'autre roi que l'Éternel ! et pour ses jardins, pour ses statues, pour ses meubles d'ivoire, comme l'impie Achab ! »

Antipas brisa la cordelette du cachet suspendu à sa poitrine, et le lança dans la fosse, en lui commandant de se taire.

La voix répondit :

— « Je crierai comme un ours, comme un âne sauvage, comme une femme qui enfante !

« Le châtiment est déjà dans ton inceste. Dieu t'afflige de la stérilité du mulet ! »

Et des rires s'élevèrent, pareils au clapotement des flots.

Vitellius s'obstinait à rester. L'interprète, d'un ton impassible, redisait, dans la langue des Romains, toutes les injures que Iaokanann rugissait dans la sienne. Le Tétrarque et Hérodias étaient forcés de les subir deux fois. Il haletait, pendant qu'elle observait béante le fond du puits.

L'homme effroyable se renversa la tête ; et, empoignant les barreaux, y colla son visage, qui avait l'air d'une broussaille, où étincelaient deux charbons :

— « Ah ! c'est toi, Iézabel !

« Tu as pris son cœur avec le craquement de ta chaussure. Tu hennissais comme une cavale. Tu as dressé ta couche sur les monts, pour accomplir tes sacrifices !

« Le seigneur arrachera tes pendants d'oreilles, tes robes de pourpre, tes voiles de lin, les anneaux de tes bras, les bagues de tes pieds, et les petits croissants d'or qui tremblent sur ton

front, tes miroirs d'argent, tes éventails en plumes d'autruche, les patins de nacre qui haus-
sent ta taille, l'orgueil de tes diamants, les senteurs de tes cheveux, la peinture de tes ongles,
tous les artifices de ta mollesse; et les cailloux
manqueront pour lapider l'adultère ! »

Elle chercha du regard une défense autour
d'elle. Les Pharisiens baissaient hypocritement
leurs yeux. Les Sadducéens tournaient la tête,
craignant d'offenser le Proconsul. Antipas paraissait mourir.

La voix grossissait, se développait, roulait
avec des déchirements de tonnerre, et, l'écho
dans la montagne la répétant, elle foudroyait
Machærous d'éclats multipliés.

— « Étale-toi dans la poussière, fille de Babylone ! Fais moudre de la farine ! Ote ta ceinture, détache ton soulier, trousse-toi, passe les
fleuves ! ta honte sera découverte, ton oppro-
bre sera vu ! tes sanglots te briseront les dents !
L'Éternel exècre la puanteur de tes crimes !
Maudite ! maudite ! Crève comme une
chienne ! »

La trappe se ferma, le couvercle se rabattit.
Mannaeï voulait étrangler Iaokanann.

Hérodias disparut. Les Pharisiens étaient
scandalisés. Antipas, au milieu d'eux, se justi-
fiait.

— « Sans doute », reprit Éléazar, « il faut
épouser la femme de son frère, mais Hérodias
n'était pas veuve, et de plus elle avait un enfant, ce qui constituait l'abomination. »

— « Erreur ! erreur ! » objecta le Sadducéen Jonathas. « La Loi condamne ces mariages, sans les proscrire absolument. »

— « N'importe ! On est pour moi bien injuste ! » disait Antipas, « car, enfin, Absalon a couché avec les femmes de son père, Juda avec sa bru, Amnon avec sa sœur, Loth avec ses filles. »

Aulus, qui venait de dormir, reparut à ce moment-là. Quand il fut instruit de l'affaire, il approuva le Tétrarque. On ne devait point se gêner pour de pareilles sottises; et il riait beaucoup du blâme des prêtres, et de la fureur de Iaokanann.

Hérodias, au milieu du perron, se retourna vers lui.

— « Tu as tort, mon maître ! Il ordonne au peuple de refuser l'impôt. »

— « Est-ce vrai ? » demanda tout de suite le Publicain.

Les réponses furent généralement affirmatives. Le Tétrarque les renforçait.

Vitellius songea que le prisonnier pouvait s'enfuir; et comme la conduite d'Antipas lui semblait douteuse, il établit des sentinelles aux portes, le long des murs et dans la cour.

Ensuite, il alla vers son appartement. Les députations des prêtres l'accompagnèrent.

Sans aborder la question de la sacrificature, chacune émettait ses griefs.

Tous l'obsédaient. Il les congédia.

Jonathas le quittait, quand il aperçut, dans

un créneau, Antipas causant avec un homme à
longs cheveux et en robe blanche, un Essénien; et il regretta de l'avoir soutenu.

Une réflexion avait consolé le Tétrarque. Iaokanann ne dépendait plus de lui; les Romains
s'en chargeaient. Quel soulagement ! Phanuel
se promenait alors sur le chemin de ronde.

Il l'appela et, désignant les soldats :

— « Ils sont les plus forts ! je ne peux le délivrer ! ce n'est pas ma faute ! »

La cour était vide. Les esclaves se reposaient.
Sur la rougeur du ciel, qui enflammait l'horizon, les moindres objets perpendiculaires se dé-
tachaient en noir. Antipas distingua les salines
à l'autre bout de la mer Morte, et ne voyait
plus les tentes des Arabes. Sans doute ils
étaient partis ? La lune se levait; un apaisement
descendait dans son cœur.

Phanuel, accablé, restait le menton sur la
poitrine. Enfin, il révéla ce qu'il avait à dire.

Depuis le commencement du mois, il étudiait
le ciel avant l'aube, la constellation de Persée
se trouvant au zénith. Agalah se montrait à
peine, Algol brillait moins, Mira-Cœti avait disparu; d'où il augurait la mort d'un homme
considérable, cette nuit même, dans Machaerous.

Lequel ? Vitellius était trop bien entouré. On
n'exécuterait pas Iaokanann. « C'est donc
moi ! » pensa le Tétrarque.

Peut-être que les Arabes allaient revenir ? Le
Proconsul découvrirait ses relations avec les

Parthes ! Des sicaires de Jérusalem escortaient les prêtres; ils avaient sous leurs vêtements des poignards; et le Tétrarque ne doutait pas de la science de Phanuel.

Il eut l'idée de recourir à Hérodias. Il la haïssait pourtant. Mais elle lui donnerait du courage; et tous les liens n'étaient pas rompus de l'ensorcellement qu'il avait autrefois subi.

Quand il entra dans sa chambre, du cinnamome fumait sur une vasque de porphyre; et des poudres, des onguents, des étoffes pareilles à des nuages, des broderies plus légères que des plumes, étaient dispersés.

Il ne dit pas la prédiction de Phanuel, ni sa peur des Juifs et des Arabes; elle l'eût accusé d'être lâche. Il parla seulement des Romains; Vitellius ne lui avait rien confié de ses projets militaires. Il le supposait ami de Caïus, que fréquentait Agrippa; et il serait envoyé en exil, ou peut-être on l'égorgerait.

Hérodias, avec une indulgence dédaigneuse, tâcha de le rassurer. Enfin, elle tira d'un petit coffre une médaille bizarre, ornée du profil de Tibère. Cela suffisait à faire pâlir les licteurs et fondre les accusations.

Antipas, ému de reconnaissance, lui demanda comment elle l'avait.

— « On me l'a donnée », reprit-elle.

Sous une portière en face, un bras nu s'avança, un bras jeune, charmant et comme tourné dans l'ivoire par Polyclète. D'une façon un peu gauche, et cependant gracieuse, il ramait dans l'air pour saisir une tunique oubliée sur une escabelle près de la muraille.

Une vieille femme la passa doucement, en écartant le rideau.

Le Tétrarque eut un souvenir, qu'il ne pouvait préciser.

— « Cette esclave est-elle à toi? »

— « Que t'importe ? » répondit Hérodias.

III

Les convives emplissaient la salle du festin.

Elle avait trois nefs, comme une basilique, et
que séparaient des colonnes en bois d'algumim,
avec des chapiteaux de bronze couverts de
sculptures. Deux galeries à claire-voie s'ap-
puyaient dessus; et une troisième en filigrane
d'or se bombait au fond, vis-à-vis d'un cintre
énorme, qui s'ouvrait à l'autre bout.

Des candélabres, brûlant sur les tables ali-
gnées dans toute la longueur du vaisseau, faisaient des buissons de feux, entre les coupes de
terre peinte et les plats de cuivre, les cubes de
neige, les monceaux de raisin; mais ces clartés
rouges se perdaient progressivement, à cause de
la hauteur du plafond, et des points lumineux
brillaient, comme des étoiles, la nuit, à travers
des branches. Par l'ouverture de la grande baie,
on apercevait des flambeaux sur les terrasses
des maisons; car Antipas fêtait ses amis, son
peuple, et tous ceux qui s'étaient présentés.

Des esclaves, alertes comme des chiens et les orteils dans des sandales de feutre, circulaient, en portant des plateaux.

La table proconsulaire occupait, sous la tribune dorée, une estrade en planches de sycomore. Des tapis de Babylone l'enfermaient dans une espèce de pavillon.

Trois lits d'ivoire, un en face et deux sur les flancs, contenaient Vitellius, son fils et Antipas; le Proconsul étant près de la porte, à gauche, Aulus à droite, le Tétrarque au milieu.

Il avait un lourd manteau noir, dont la trame disparaissait sous des applications de couleur, du fard aux pommettes, la barbe en éventail, et de la poudre d'azur dans ses cheveux, serrés par un diadème de pierreries. Vitellius gardait son baudrier de pourpre, qui descendait en diagonale sur une toge de lin. Aulus s'était fait nouer dans le dos les manches de sa robe en soie violette, lamée d'argent. Les boudins de sa chevelure formaient des étages, et un collier de saphirs étincelait à sa poitrine, grasse et blanche comme celle d'une femme. Près de lui, sur une natte et jambes croisées, se tenait un enfant très beau, qui souriait toujours. Il l'avait vu dans les cuisines, ne pouvait plus s'en passer, et, ayant peine à retenir son nom chaldéen, l'appelait simplement : « l'Asiatique ». De temps à autre, il s'étalait sur le triclinium. Alors, ses pieds nus dominaient l'assemblée.

De ce côté-là, il y avait les prêtres et les offi-

ciers d'Antipas, des habitants de Jérusalem, les
principaux des villes grecques; et, sous le Proconsul : Marcellus avec les Publicains, des amis
du Tétrarque, les personnages de Kana, Ptolé-
maïde, Jéricho; puis, pêle-mêle, des monta-
gnards du Liban, et les vieux soldats d'Hérode :
douze Thraces, un Gaulois, deux Germains, des
chasseurs de gazelles, des pâtres de l'Idumée, le
sultan de Palmyre, des marins d'Éziongaber.
Chacun avait devant soi une galette de pâte molle,
pour s'essuyer les doigts; et les bras, s'allongeant comme des cous de vautour, prenaient des
olives, des pistaches, des amandes. Toutes les figures étaient joyeuses, sous des couronnes de fleurs.

Les Pharisiens les avaient repoussées comme
indécence romaine. Ils frissonnèrent quand on
les aspergea de galbanum et d'encens, composition réservée aux usages du Temple.

Aulus en frotta son aisselle; et Antipas lui en
promit tout un chargement, avec trois couffes
de ce véritable baume, qui avait fait convoiter
la Palestine à Cléopâtre.

Un capitaine de sa garnison de Tibériade,
survenu tout à l'heure, s'était placé derrière lui,
pour l'entretenir d'événements extraordinaires.
Mais son attention était partagée entre le Proconsul et ce qu'on disait aux tables voisines.

On y causait de Iaokanann et des gens de
son espèce; Simon de Gittoï lavait les péchés
avec du feu. Un certain Jésus...

— « Le pire de tous », s'écria Éléazar.
« Quel infâme bateleur ! »

Derrière le Tétrarque, un homme se leva,
pâle comme la bordure de sa chlamyde. Il descendit l'estrade, et, interpellant les Pharisiens :

— « Mensonge ! Jésus fait des miracles ! »

Antipas désirait en voir.

— « Tu aurais dû l'amener ! Renseigne-
nous ! »

Alors il conta que lui, Jacob, ayant une fille
malade, s'était rendu à Capharnaüm, pour sup-
plier le Maître de vouloir la guérir. Le Maître
avait répondu : « Retourne chez toi, elle est
guérie ! » Et il l'avait trouvée sur le seuil, étant
sortie de sa couche quand le gnomon du palais
marquait la troisième heure, l'instant même où
il abordait Jésus.

Certainement, objectèrent les Pharisiens, il
existait des pratiques, des herbes puissantes !
Ici même, à Machærous, quelquefois on trouvait le baaras qui rend invulnérable; mais
guérir sans voir ni toucher était une chose impossible, à moins que Jésus n'employât les
démons.

Et les amis d'Antipas, les principaux de la
Galilée, reprirent, en hochant la tête :

— « Les démons, évidemment. »

Jacob, debout entre leur table et celle des
prêtres, se taisait d'une manière hautaine et
douce.

Ils le sommaient de parler : — « Justifie son
pouvoir ! »

Il courba les épaules, et à voix basse, lentement, comme effrayé de lui-même :

— « Vous ne savez donc pas que c'est le Messie ? »

Tous les prêtres se regardèrent; et Vitellius demanda l'explication du mot. Son interprète fut une minute avant de répondre.

Ils appelaient ainsi un libérateur qui leur apporterait la jouissance de tous les biens et la domination de tous les peuples. Quelques-uns même soutenaient qu'il fallait compter sur deux. Le premier serait vaincu par Gog et Magog, des démons du Nord; mais l'autre exterminerait le Prince du Mal; et, depuis des siècles, ils l'attendaient à chaque minute.

Les prêtres s'étant concertés, Éléazar prit la parole.

D'abord le Messie serait enfant de David, et non d'un charpentier; il confirmerait la Loi. Ce Nazaréen l'attaquait; et, argument plus fort, il devait être précédé par la venue d'Élie.

Jacob répliqua :

— « Mais il est venu, Élie ! »

— « Élie ! Élie ! » répéta la foule, jusqu'à l'autre bout de la salle.

Tous, par l'imagination, apercevaient un vieillard sous un vol de corbeaux, la foudre allumant un autel, des pontifes idolâtres jetés aux torrents; et les femmes, dans les tribunes, songeaient à la veuve de Sarepta.

Jacob s'épuisait à redire qu'il le connaissait ! Il l'avait vu ! et le peuple aussi !

— « Son nom ? »

Alors, il cria de toutes ses forces :

— « Iaokanann ! »

Antipas se renversa comme frappé en pleine poitrine. Les Sadducéens avaient bondi sur Jacob. Éléazar pérorait, pour se faire écouter.

Quand le silence fut établi, il drapa son manteau, et comme un juge posa des questions.

— « Puisque le prophète est mort... »

Des murmures l'interrompirent. On croyait Élie disparu seulement.

Il s'emporta contre la foule, et, continuant son enquête :

— « Tu penses qu'il est ressuscité ? »

— « Pourquoi pas ? » dit Jacob.

Les Sadducéens haussèrent les épaules; Jonathas, écarquillant ses petits yeux, s'efforçait de rire comme un bouffon. Rien de plus sot que la prétention du corps à la vie éternelle; et il déclama, pour le Proconsul, ce vers d'un poète contemporain :

Nec crescit, nec post mortem durare videtur.

Mais Aulus était penché au bord du triclinium, le front en sueur, le visage vert, les poings sur l'estomac.

Les Sadducéens feignirent un grand émoi; — le lendemain, la sacrificature leur fut rendue; — Antipas étalait du désespoir; Vitellius demeurait impassible. Ses angoisses étaient pourtant violentes; avec son fils il perdait sa fortune.

Aulus n'avait pas fini de se faire vomir, qu'il voulut remanger.

— « Qu'on me donne de la râpure de marbre, du schiste de Naxos, de l'eau de mer, n'importe quoi ! Si je prenais un bain ? »

Il croqua de la neige, puis, ayant balancé entre une terrine de Commagène et des merles roses, se décida pour des courges au miel. L'Asiatique le contemplait, cette faculté d'engloutissement dénotant un être prodigieux et d'une race supérieure.

On servit des rognons de taureau, des loirs, des rossignols, des hachis dans des feuilles de pampre; et les prêtres discutaient sur la résurrection. Ammonius, élève de Philon le Platonicien, les jugeait stupides, et le disait à des Grecs qui se moquaient des oracles. Marcellus et Jacob s'étaient joints. Le premier narrait au second le bonheur qu'il avait ressenti sous le baptême de Mithra, et Jacob l'engageait à suivre Jésus. Les vins de palme et de tamaris, ceux de Safet et de Byblos, coulaient des amphores dans les cratères, des cratères dans les coupes, des coupes dans les gosiers; on bavardait, les cœurs s'épanchaient. Iaçim, bien que Juif, ne cachait plus son adoration des planètes. Un marchand d'Aphaka ébahissait des nomades, en détaillant les merveilles du temple d'Hiérapolis; et ils demandaient combien coûterait le pèlerinage. D'autres tenaient à leur religion natale. Un Germain presque aveugle chantait un hymne célébrant ce promontoire de la Scandinavie, où les dieux apparaissent avec les rayons de leurs figures; et des gens de Sichem

ne mangèrent pas de tourterelles, par déférence
pour la colombe Azima.

Plusieurs causaient debout, au milieu de la
salle; et la vapeur des haleines avec les fumées
des candélabres faisaient un brouillard dans
l'air. Phanuel passa le long des murs. Il venait
encore d'étudier le firmament, mais n'avançait
pas jusqu'au Tétrarque, redoutant les taches
d'huile qui, pour les Esséniens, étaient une
grande souillure.

Des coups retentirent contre la porte du château.

On savait maintenant que Iaokanann s'y
trouvait détenu. Des hommes avec des torches
grimpaient le sentier; une masse noire fourmil-
lait dans le ravin; et ils hurlaient de temps à
autre : — « Iaokanann ! Iaokanann ! »

— « Il dérange tout ! » dit Jonathas.

— « On n'aura plus d'argent, s'il continue ! » ajoutèrent les Pharisiens.

Et des récriminations partaient :

— « Protège-nous ! »
— « Qu'on en finisse ! »
— « Tu abandonnes la religion ! »
— « Impie comme les Hérode ! »
— « Moins que vous ! » répliqua Antipas.
« C'est mon père qui a édifié votre temple ! »

Alors, les Pharisiens, les fils des proscrits, les
partisans des Matathias, accusèrent le Tétrarque
des crimes de sa famille.

Ils avaient des crânes pointus, la barbe héris-
sée, des mains faibles et méchantes, ou la face

camuse, de gros yeux ronds, l'air de bouledo-
gues. Une douzaine, scribes et valets des prêtres, nourris par le rebut des holocaustes,
s'élancèrent jusqu'au bas de l'estrade; et avec
des couteaux ils menaçaient Antipas, qui les ha-
ranguait, pendant que les Sadducéens le défen-
daient mollement. Il aperçut Mannaeï, et lui fit
signe de s'en aller, Vitellius indiquant par sa con-
tenance que ces choses ne le regardaient pas.

Les Pharisiens, restés sur leur triclinium, se
mirent dans une fureur démoniaque. Ils brisè-
rent les plats devant eux. On leur avait servi le
ragoût chéri de Mécène, de l'âne sauvage, une
viande immonde.

Aulus les railla à propos de la tête d'âne,
qu'ils honoraient, disait-on, et débita d'autres
sarcasmes sur leur antipathie du pourceau.
C'était sans doute parce que cette grosse bête
avait tué leur Bacchus; et ils aimaient trop le
vin, puisqu'on avait découvert dans le Temple
une vigne d'or.

Les prêtres ne comprenaient pas ses paroles.
Phinées, Galiléen d'origine, refusa de les tra-
duire. Alors sa colère fut démesurée, d'autant
plus que l'Asiatique, pris de peur, avait disparu; et le repas lui déplaisait, les mets étaient
vulgaires, point déguisés suffisamment ! Il se
calma, en voyant des queues de brebis syrien-
nes, qui sont des paquets de graisse.

Le caractère des Juifs semblait hideux à Vitellius. Leur Dieu pouvait bien être Moloch, dont
il avait rencontré des autels sur la route; et les

sacrifices d'enfants lui revinrent à l'esprit, avec l'histoire de l'homme qu'ils engraissaient mystérieusement. Son cœur de Latin était soulevé de dégoût par leur intolérance, leur rage iconoclaste, leur achoppement de brute. Le Proconsul voulait partir. Aulus s'y refusa.

La robe abaissée jusqu'aux hanches, il gisait derrière un monceau de victuailles, trop repu pour en prendre, mais s'obstinant à ne point les quitter.

L'exaltation du peuple grandit. Ils s'abandonnèrent à des projets d'indépendance. On rappelait la gloire d'Israël. Tous les conquérants avaient été châtiés : Antigone, Crassus, Varus...

— « Misérables ! » dit le Proconsul; car il entendait le syriaque; son interprète ne servait qu'à lui donner du loisir pour répondre.

Antipas, bien vite, tira la médaille de l'Empereur, et, l'observant avec tremblement, il la présentait du côté de l'image.

Les panneaux de la tribune d'or se déployèrent tout à coup; et à la splendeur des cierges, entre ses esclaves et des festons d'anémone, Hérodias apparut, — coiffée d'une mitre assyrienne qu'une mentonnière attachait à son front; ses cheveux en spirales s'épandaient sur un péplos d'écarlate, fendu dans la longueur des manches. Deux monstres en pierre, pareils à ceux du trésor des Atrides, se dressant contre la porte, elle ressemblait à Cybèle accotée de ses lions; et du haut de la balustrade qui dominait

Antipas, avec une patère à la main, elle cria :
— « Longue vie à César ! »

Cet hommage fut répété par Vitellius, Antipas et les prêtres.

Mais il arriva du fond de la salle un bourdonnement de surprise et d'admiration. Une jeune fille venait d'entrer.

Sous un voile bleuâtre lui cachant la poitrine et la tête, on distinguait les arcs de ses yeux, les calcédoines de ses oreilles, la blancheur de sa peau. Un carré de soie gorge-pigeon, en couvrant les épaules, tenait aux reins par une ceinture d'orfèvrerie. Ses caleçons noirs étaient semés de mandragores, et d'une manière indolente elle faisait claquer de petites pantoufles en duvet de colibri.

Sur le haut de l'estrade, elle retira son voile. C'était Hérodias, comme autrefois dans sa jeunesse. Puis, elle se mit à danser.

Ses pieds passaient l'un devant l'autre, au rythme de la flûte et d'une paire de crotales. Ses bras arrondis appelaient quelqu'un, qui s'enfuyait toujours. Elle le poursuivait, plus légère qu'un papillon, comme une Psyché curieuse, comme une âme vagabonde, et semblait prête à s'envoler.

Les sons funèbres de la gingras remplacèrent les crotales. L'accablement avait suivi l'espoir. Ses attitudes exprimaient des soupirs, et toute sa personne une telle langueur qu'on ne savait pas si elle pleurait un dieu, ou se mourait dans sa caresse. Les paupières entre-closes, elle se tordait la taille, balançait son ventre avec des ondulations de houle, faisait trembler ses deux seins, et son visage demeurait immobile, et ses pieds n'arrêtaient pas.

Vitellius la compara à Mnester, le panto-mime. Aulus vomissait encore. Le Tétrarque se perdait dans un rêve, et ne songeait plus à Hé-rodias. Il crut la voir près des Sadducéens. La vision s'éloigna.

Ce n'était pas une vision. Elle avait fait in-struire, loin de Machærous, Salomé sa fille, que le Tétrarque aimerait; et l'idée était bonne. Elle en était sûre, maintenant !

Puis, ce fut l'emportement de l'amour qui veut être assouvi. Elle dansa comme les prêtres-ses des Indes, comme les Nubiennes des cata-ractes, comme les bacchantes de Lydie. Elle se renversait de tous les côtés, pareille à une fleur que la tempête agite. Les brillants de ses oreil-les sautaient, l'étoffe de son dos chatoyait; de ses bras, de ses pieds, de ses vêtements jaillis-saient d'invisibles étincelles qui enflammaient les hommes. Une harpe chanta; la multitude y répondit par des acclamations. Sans fléchir ses genoux en écartant les jambes, elle se courba si bien que son menton frôlait le plancher; et les nomades habitués à l'abstinence, les soldats de Rome experts en débauches, les avares publi-cains, les vieux prêtres aigris par les disputes, tous, dilatant leurs narines, palpitaient de con-voitise.

Ensuite elle tourna autour de la table d'Antipas, frénétiquement, comme le rhombe des sorcières; et d'une voix que des sanglots de volupté entrecoupaient, il lui disait : — « Viens ! viens ! » Elle tournait toujours; les tympanons sonnaient à éclater, la foule hurlait. Mais le Tétrarque criait plus fort : « Viens ! viens ! Tu auras Capharnaüm ! la plaine de Tibérias ! mes citadelles ! la moitié de mon royaume ! »

Elle se jeta sur les mains, les talons en l'air, parcourut ainsi l'estrade comme un grand scarabée; et s'arrêta, brusquement.

Sa nuque et ses vertèbres faisaient un angle droit. Les fourreaux de couleur qui enveloppaient ses jambes, lui passant par-dessus l'épaule, comme des arcs-en-ciel, accompagnaient sa figure, à une coudée du sol. Ses lèvres étaient peintes, ses sourcils très noirs, ses yeux presque terribles, et des gouttelettes à son front semblaient une vapeur sur du marbre blanc.

Elle ne parlait pas. Ils se regardaient.

Un claquement de doigts se fit dans la tribune. Elle y monta, reparut; et, en zézayant un peu, prononça ces mots, d'un air enfantin :

— « Je veux que tu me donnes dans un plat, la tête... » Elle avait oublié le nom, mais reprit en souriant : « La tête de Iaokanann ! »

Le Tétrarque s'affaissa sur lui-même, écrasé.

Il était contraint par sa parole, et le peuple attendait. Mais la mort qu'on lui avait prédite, en s'appliquant à un autre, peut-être détournerait la sienne ? Si Iaokanann était véritablement

Élie, il pourrait s'y soustraire; s'il ne l'était pas, le meurtre n'avait plus d'importance.

Mannaeï était à ses côtés, et comprit son intention.

Vitellius le rappela pour lui confier le mot d'ordre, des sentinelles gardant la fosse.

Ce fut un soulagement. Dans une minute, tout serait fini !

Cependant Mannaeï n'était guère prompt en besogne.

Il rentra, mais bouleversé.

Depuis quarante ans il exerçait la fonction de bourreau. C'était lui qui avait noyé Aristobule, étranglé Alexandre, brûlé vif Matathias, décapité Zosime, Pappus, Joseph et Antipater; et il n'osait tuer Iaokanann ! Ses dents claquaient, tout son corps tremblait.

Il avait aperçu devant la fosse le Grand Ange des Samaritains, tout couvert d'yeux et brandissant un immense glaive, rouge, et dentelé comme une flamme. Deux soldats amenés en témoignage pouvaient le dire.

Ils n'avaient rien vu, sauf un capitaine juif, qui s'était précipité sur eux, et qui n'existait plus.

La fureur d'Hérodias dégorgea en un torrent d'injures populacières et sanglantes. Elle se cassa les ongles au grillage de la tribune, et les deux lions sculptés semblaient mordre ses épaules et rugir comme elle.

Antipas l'imita, les prêtres, les soldats, les Pharisiens, tous réclamant une vengeance, et les autres, indignés qu'on retardât leur plaisir.

Mannaeï sortit, en se cachant la face.

Les convives trouvèrent le temps encore plus long que la première fois. On s'ennuyait.

Tout à coup, un bruit de pas se répercuta dans les couloirs. Le malaise devenait intolérable.

La tête entra; — et Mannaeï la tenait par les cheveux, au bout de son bras, fier des applaudissements.

Quand il l'eut mise sur un plat, il l'offrit à Salomé.

Elle monta lestement dans la tribune; plusieurs minutes après, la tête fut rapportée par cette vieille femme que le Tétrarque avait distinguée le matin sur la plate-forme d'une maison, et tantôt dans la chambre d'Hérodias.

Il se reculait pour ne pas la voir. Vitellius y jeta un regard indifférent.

Mannaeï descendit l'estrade, et l'exhiba aux capitaines romains, puis à tous ceux qui mangeaient de ce côté.

Ils l'examinèrent.

La lame aiguë de l'instrument, glissant du haut en bas, avait entamé la mâchoire. Une convulsion tirait les coins de la bouche. Du sang, caillé déjà, parsemait la barbe. Les paupières closes étaient blêmes comme des coquilles; et les candélabres à l'entour envoyaient des rayons.

Elle arriva à la table des prêtres. Un Pharisien la retourna curieusement; et Mannaeï, l'ayant remise d'aplomb, la posa devant Aulus, qui en fut réveillé. Par l'ouverture de leurs cils, les prunelles mortes et les prunelles éteintes semblaient se dire quelque chose.

Ensuite Mannaeï la présenta à Antipas. Des pleurs coulèrent sur les joues du Tétrarque.

Les flambeaux s'éteignaient. Les convives partirent; et il ne resta plus dans la salle qu'Antipas, les mains contre ses tempes, et regardant toujours la tête coupée, tandis que Phanuel, debout au milieu de la grande nef, murmurait des prières, les bras étendus.

A l'instant où se levait le soleil, deux hommes, expédiés autrefois par Iaokanann, survinrent, avec la réponse si longtemps espérée.

Ils la confièrent à Phanuel, qui en eut un ravissement.

Puis il leur montra l'objet lugubre, sur le plateau, entre les débris du festin. Un des hommes dit :

— « Console-toi ! Il est descendu chez les morts annoncer le Christ ! »

L'Essénien comprenait maintenant ces paroles :

« Pour qu'il croisse, il faut que je diminue. »

Et tous les trois, ayant pris la tête de Iaokanann, s'en allèrent du côté de la Galilée.

Comme elle était très lourde, ils la portaient alternativement.

COMMENTAIRES

par

Maurice Bardèche

L'originalité de l'œuvre

Les *Trois Contes,* une des œuvres les plus parfaites de Flaubert, n'ont pas été entrepris dans
l'allégresse de la création ni comme un délasse-
ment radieux d'un travail sévère, mais au
contraire comme une *tâche* dans laquelle se réfu-
giait, pour échapper à son chagrin, un homme
découragé et profondément meurtri, non seulement par la défaite récente de son pays, mais par
les épreuves qui avaient bouleversé sa vie.

Flaubert, inquiet, avait prévu la défaite.
L'Education sentimentale, publiée en 1869, avait
été un échec : elle contenait un avertissement
qui était venu trop tard et qu'on n'avait pas
compris. Il avait souffert de cet échec, il était, à
la veille de la guerre, malade et troublé. Mais, en
même temps, des peines profondes l'avaient
affligé. L'un après l'autre étaient morts les êtres
qui avaient eu le plus de place dans son affection

et dans sa vie. Le poète Louis Bouilhet, auquel le liait depuis plus de vingt ans une amitié fraternelle, qui était son confident, son interlocuteur indispensable, son conseiller, qui partageait tous ses travaux et tous ses soucis, était mort le premier, en juillet 1869. Quelques mois plus tard, en mars 1870, était mort Jules Duplan, qui avait moins de place dans son cœur, mais qui en tenait beaucoup dans sa vie par son dévouement et sa continuelle présence. La guerre avait surpris ce Flaubert démuni, épouvanté de sa solitude, désorienté. Quelques mois plus tard, Croisset avait été occupé. Il avait fallu quitter le cher cabinet de travail, les habitudes, le décor de toute une vie. L'exilé ne rentra chez lui qu'en mars 1871 et trouva son logis méconnaissable. Un an plus tard, en avril 1872, sa mère mourait. Flaubert la trouvait bien vieille et elle n'était plus guère pour lui qu'une présence, mais il avait passé toute sa vie près d'elle, elle était une partie de lui-même.

D'autres amis moins assidus, mais proches, avaient disparu. Sainte-Beuve était mort à la veille de la guerre, Jules de Goncourt peu après lui, et plus tard Théophile Gautier, puis Feydeau, tous ceux qui aimaient Flaubert, le comprenaient et le soutenaient.

Une catastrophe imprévue s'ajouta à ces peines. Sa nièce Caroline, que Flaubert adorait, avait épousé un brillant marchand de bois nommé Commanville, dont les affaires avaient périclité. Ces difficultés, déjà inquiétantes depuis la fin de la guerre, s'aggravèrent soudain au printemps de 1875. Flaubert y fut impliqué, non seulement parce que le bonheur de sa nièce était aussi important pour lui que le sien, mais aussi parce que Caroline était, par sa mère, propriétaire de la maison de Flaubert à Croisset. Pour éviter la vente de Croisset, Flaubert donna son aval, garanti par sa propre part de l'héritage familial, les terres et ferme de Deauville.

Ses lettres dramatiques de l'été 1875, bien plus émouvantes dans leur texte authentique que dans la version tronquée qui en a été publiée[1], permettent de revivre ce drame. Flaubert suivait jour par jour tout ce qui se passait, se faisait rendre compte des moindres démarches, s'accrochait aux plus petits espoirs, attendait avec anxiété les télégrammes qui lui annonçaient une nouvelle : n'y comprenant rien, du reste, car il ne faisait aucune différence entre les mots « concordat », « liquidation », « arrangement » et « faillite ». Il voyait qu'il était ruiné,

1. La correspondance de Flaubert occupe huit volumes de l'édition des *Œuvres complètes* publiée par l'éditeur Louis Conard. Cette correspondance éditée de 1925 à 1930 a été complétée par quatre volumes de *Supplément* établis par René Dumesnil, Jean Pommier et Claude Digeon en 1954. Sous cette forme, elle est encore très incomplète. Une édition sensiblement améliorée a été publiée dans les *Œuvres complètes* de Flaubert, établie par le Club de l'Honnête Homme sous la signature de la Société des Etudes littéraires françaises, où elle occupe cinq tomes parus de 1974 à 1976. C'est l'édition actuellement la plus complète, mais elle est peu accessible. Une édition définitive est en cours de publication dans la collection de la Pléiade, sous la direction de Jean Bruneau : un premier tome a paru en 1973, un second tome en 1980. Cette édition, accompagnée d'un appareil de notes, ne couvre présentement qu'un tiers environ de la correspondance de Flaubert. Le texte authentique mentionné ici a été publié pour la première fois dans l'édition du Club de l'Honnête Homme.

c'était tout. Qu'on allait être obligé de vendre Croisset, ce qui l'affolait. Il se demandait si sa nièce, bien qu'elle eût considérablement réduit son train de vie, conserverait une fortune suffisante pour être à l'abri du besoin. Lui-même vivait en Spartiate. Il ne lui restait rien. Ses revenus étaient engagés, il ne disposait même plus de l'argent du lendemain. On voit par les passages supprimés plus tard par Caroline dans la *Correspondance* qu'il en était à demander 200 francs qu'on ne lui envoyait pas toujours exactement pour les dépenses indispensables de Croisset. Il fallut enfin vendre Deauville. Flaubert fit avec déchirement ce sacrifice puis, épuisé, partit pour Concarneau. Il s'y installa à l'hôtel Sergent, près d'un de ses derniers amis, le naturaliste Pouchet, qui disséquait pour le distraire des mollusques et des poissons. C'est dans ces conditions qu'il commença à écrire les *Trois Contes* le 15 septembre 1875 (il avait cinquante-quatre ans) dont la rédaction ne fut terminée que le 3 février 1877.

Flaubert s'exprimait sans enthousiasme sur sa nouvelle entreprise : « Je vais me mettre à écrire *La Légende de saint Julien l'Hospitalier,* écrit-il en annonçant le premier de ses contes, uniquement pour m'occuper à quelque chose. Je ferai cela comme un pensum. » Et en un autre endroit, il ajoutait : « Ce n'est rien du tout et je n'y attache aucune importance, une petite niaiserie dont la mère pourra permettre la lecture à sa

fille. » *La Légende de saint Julien l'Hospitalier,*
c'était donc facile, reposant. Flaubert, avec ce
Moyen Age imaginaire, renouait, en outre, avec
les rêveries médiévales de ses œuvres de jeunesse, images abondantes et fraîches en lui
comme une source. Il n'était plus ralenti dans
l'exécution par l'âpre exactitude, par le minutieux réglage qui devait faire coïncider chaque
image qui naissait en lui avec la réalité normande de *Madame Bovary* ou avec la réalité historique de *L'Education sentimentale.* Il était
aussi libre qu'à quinze ans, il pouvait imaginer
un film à sa guise, il était au cinéma.

Et c'est bien, en effet, ce qui fait le caractère
de *La Légende de saint Julien l'Hospitalier* : c'est
poétique, c'est irréel, c'est un conte de fées. On
s'en aperçoit dès les premières lignes, dans le
« Il était une fois... » qui commence le conte, par
cette phrase de conteur, naïve, engageante, et
par l'image du château si propre, si blanc, château modèle pour livre d'enfants. « Le père et la
mère de Julien habitaient un château, au milieu
des bois, sur la pente d'une colline... » On n'a
jamais construit de château fort sur la pente
d'une colline et il n'y a jamais eu non plus de
« bon seigneur » aussi bonhomme que le père de
Julien ni de mère si saintement pareille aux
pieuses châtelaines qu'on ne rencontre que sur
les livres d'images. Mais l'enfance de Julien est
aussi une enfance modèle, et non seulement son
enfance, mais sa vie même de soldat d'aventure
qui présente comme un album toutes les scènes

de la vie du « bon chevalier » avec les assauts
qu'on raconte à de petits auditeurs émerveillés.
Cet album amuse Flaubert du reste, il y met de
l'ironie. « Tour à tour, il secourut le Dauphin de
France et le roi d'Angleterre, les templiers de
Jérusalem, le suréna des Parthes, le négus
d'Abyssinie... C'est lui, et pas un autre, qui
assomma la guivre de Milan. » Et pour finir,
Julien épouse la fille du roi qui était si belle,
« toute mignonne et potelée », comme à la fin du
Chat Botté.

Flaubert, alors débarrassé de tout ce qui est
habituellement pour lui sujet de préoccupation,
l'action, les caractères, la vraisemblance, se
trouve d'emblée dans le *merveilleux* et non seulement dans un merveilleux de l'invention, mais
dans un merveilleux visuel, paysages irréels, animaux, pays et royaumes. Et ces deux merveilleux
se mêlent et se marient, bien qu'ils soient étrangers l'un à l'autre. Les paysages de la chasse ne
sont pas moins fantastiques que le palais mauve
de Julien et ses victoires et conquêtes : ces val-
lons qui s'ouvrent brusquement, ces hautes montagnes qui barrent la route, les cerfs qui se
réchauffent de leur haleine dans un cirque de
granit et soudain le retour vers le château pater-
nel tout proche, c'est une liberté et une étrangeté
de l'imagerie qui ne sont plus de nos contes de
fées si raisonnables en réalité, mais qui appartiennent aux conteurs orientaux que rien
n'étonne et dont les enchanteurs font surgir si
facilement devant le voyageur des gouffres inat-

tendus ou la montagne de l'oiseau Rock. Flaubert s'amuse à peindre comme sur le vélin d'un missel, il est devenu un enlumineur qui n'a plus d'autre souci que la beauté des arabesques, la qualité de l'or des fonds et l'éclat des couleurs. Il n'y manque même pas l'étrangeté surréaliste bien entendu. Il y a des moments où le conte de Flaubert ressemble à un tableau de Gustave Moreau, il est surchargé, énigmatique, trop somptueux, il a le chatoyant du symbolisme. Et d'autres fois, il y a une sorte d'ordonnance puérile de la création qui annonce le douanier Rousseau : les bêtes en rang si dociles pour se faire tuer sous les grands feuillages de la forêt et à la fin ce cortège qui entoure Julien, pareil au cortège qui suivait Noé vers l'arche. D'autres moments étranges, le massacre des grands cerfs dans la clairière, les deux boucs au-dessus de l'abîme que Julien va poignarder, le pigeon blessé qu'il étrangle avec une inquiétante volupté, tout cela nous rappelle ce qu'il y a souvent d'insolite et presque de barbare dans l'imagination visuelle de Flaubert. Délesté de la pensée, de l'érudition aussi bien que du réel, il est libre dans ce délire visuel qui l'emporte et qui lui fait peindre pour orner sa scène « moyenâgeuse » les grands feuillages des îles inconnues. Quel étrange Moyen Age! Cet émail étonnant, si moderne par ses coloris et son audace, est peut-être une des œuvres les plus parfaites du symbolisme : singulière chez cet écrivain qu'on représente comme un des maîtres du réalisme.

Nous connaissons beaucoup moins bien l'origine d'*Un Cœur simple,* mais en revanche nous sommes informés par Flaubert lui-même de la signification qu'il a voulu donner à son œuvre.

Comme autrefois pour *Madame Bovary,* c'est une intervention qui suggéra à Flaubert son sujet. George Sand, qui aimait beaucoup Flaubert, et qui connaissait son cœur, regrettait la misanthropie de ses livres. « Tu rends plus tristes les gens qui te lisent, lui avait-elle écrit après *L'Education sentimentale.* Moi, je voudrais les rendre moins malheureux. » Et elle lui conseillait, en janvier 1876, au moment où il achevait la *Légende de saint Julien l'Hospitalier,* de mettre dans son œuvre « les idées et les sentiments amassés dans sa tête et dans son cœur[1]. »

Cette capitulation ne se fit pas, toutefois, sans condition. Les lettres de Flaubert à George Sand contiennent une réaffirmation énergique de ses idées sur l'art. Flaubert a voulu être aussi impersonnel dans *Un Cœur simple* que dans ses autres œuvres. C'est l'œuvre elle-même qui doit faire naître une émotion ou si l'on veut une moralité, mais l'écrivain n'a pas à dire ce qu'il pense, son opinion n'intéresse personne. Son cœur est dans toute son œuvre, il l'inspire mais il ne doit pas apparaître. »

---

1. Il écrivit plus tard à Maurice Sand : « J'avais commencé *Un Cœur simple* à son intention, uniquement pour lui plaire. Elle est morte comme j'étais au milieu de mon œuvre. Il en est ainsi de tous nos rêves. »

La sensibilité de Flaubert restera donc cachée, comme « une âme », à l'intérieur de son conte; mais nous sommes avertis aussi que cela ne changeait rien et que, sous forme de « colère et d'indignation rentrées », elle inspirait déjà toutes les autres. Dans celle-ci, elle est plus détendue, moins amère. Mais rien n'était plus étranger à Flaubert que la « sensiblerie » qui ne s'accordait ni avec sa vigueur et sa probité, ni avec la sûreté de son diagnostic.

Hérodias était celui de ses trois contes que Flaubert préférait. Il y pensait déjà avec une sorte de nostalgie pendant qu'il terminait la rédaction d'*Un Cœur simple*. Il commença ses lectures au mois d'août 1876 et aussitôt son imagination se nourrit avec délices des spectacles que ses livres lui suggéraient.

Bien que l'attention de Flaubert ait été orientée dans plusieurs directions pendant l'élaboration du conte, l'essentiel reste cette curiosité passionnée qu'il avait pour les fastes et les particularités étranges des civilisations orientales. Il retrouvait cette séduction de l'Orient qui l'avait entraîné dans son voyage en Egypte, et qui n'avait pas cessé de le hanter quand il imaginait les Phéniciens de *Salammbô* ou les cortèges des mystagogues fanatiques du Bas Empire évoqués dans *La Tentation de saint Antoine* : la senteur des Barbares et leurs mufles farouches, leurs cris, leurs joyaux étranges, leurs superstitions, l'odeur du sang et, par là-dessus, proconsuls de Rome ou sénateurs de Carthage, la mine rogue et féroce des maîtres.

Mais il retrouvait aussi la difficulté de *Salammbô* dont il ne triompha pas aisément : « Se passer autant que possible d'explications indispensables. » Malgré cette difficulté, cette nouvelle est riche en éclairages historiques, vigoureux et nets, mais qu'on ne perçoit que par de brèves échappées. La « résistance » contre Rome, les « patriotes » juifs, les « collaborateurs », les réflexes prompts du général commandant le front d'Orient en face de son partenaire indécis et peu sûr, le double jeu d'Hérode prêt à tous les renversements d'alliance, supputant toutes les éventualités, et ces réseaux secrets qui relient la chancellerie de Tibère et les agents d'Hérodias, quel beau tableau non pas de la colonisation, mais de l'occupation, et comme Taine avait bien raison de dire que ces trente pages lui en apprenaient plus sur Israël que les trois ouvrages de Renan, d'où Flaubert les avait sorties ! Seulement tout cela qui est dans *Hérodias,* en effet, est peint par petits coups de pinceau, indiqué par des touches presque invisibles. Finalement, quand on rapproche les détails de cette scintillante mosaïque, on s'aperçoit que Flaubert a fait une description très savante et très complète. Mais cette description est « miniaturisée » dans le dialogue, dans les allusions, on n'en saisit pas l'ensemble. C'est un travail admirable qu'on ne discerne qu'à la loupe.

Etude des personnages

Le caractère différent de chacune des trois nouvelles entraîne un traitement différent des personnages. Le seul point commun des trois récits est la prédominance d'un personnage central sur lequel est dirigée toute la lumière. Mais le caractère de ce personnage est déterminé par la tonalité et la signification du conte.

Dans la *Légende de saint Julien l'Hospitalier*, Julien est un personnage de vitrail. Il est présenté avec l'émerveillement et la naïveté qui conviennent au découpage en panneaux significatifs. Son adresse, son impétuosité, son ivresse de destruction, puis sa vie d'aventurier, son palais mauresque, enfin sa vie de pénitent, sa cabane, sa barque sur le fleuve sont à dessein coloriés de tons vifs et contrastés, la scène dans chaque épisode est pareille à ces paysages abrupts et irréels que les primitifs donnent pour fond à leurs tableaux : la réalité n'est plus qu'un accompagnement qui enseigne l'étrangeté et la toute-puissance des voies de Dieu. Car toute vie d'un saint pour une âme croyante est un conte de fées, le saint est un exemple de l'arbitraire tout-puissant de Dieu sur les événements, sur les êtres, sur les âmes, ce qu'on appelle le miracle : le saint n'a pas plus de réalité que Cendrillon, sa légende est un exemple' que Dieu donne aux hommes, dans le langage des miracles qui n'appartient qu'à lui.

Un Cœur simple est, de même, une monographie : mais toute intérieure. Dieu n'intervient pas, il n'y a pas de miracle, c'est l'imagination qui transfigure. Félicité n'est pas seulement un « cœur simple » : en vérité, son besoin de se dévouer, de s'attacher, de vivre par l'amour, qu'elle projette et qu'elle greffe, sur son neveu, sur les enfants de Mme Aubin, sur Mme Aubin elle-même, et enfin, quand tout lui manque, sur ce perroquet qui symbolise tous ses souvenirs, c'est l'histoire d'un cœur parasite, d'un cœur auquel la vie n'a rien donné à aimer et qui se fabrique spontanément des objets d'amour.

Ce cœur assoiffé de Félicité, cet instinct d'aimer qui la dirige avec une sûreté d'insecte vers toute occasion de tendresse, on les perçoit mieux peut-être dans les scénarios de Flaubert que dans le conte où la discrétion, la pureté des lignes, rendent certains détails peu apparents. Que Félicité ait porté son besoin d'affection sur son neveu Victor, qu'elle soit bouleversée et comme anéantie par la nouvelle de sa mort, qu'elle ne sente à nouveau la vie circuler en elle qu'à partir du moment où elle reporte sur Virginie et sur Paul ce besoin mystique d'aimer et de se dévouer qui est en elle, cela on le sent fort bien dans le conte, et certes, on en est ému. Mais ensuite, les pauvres, les humbles objets auxquels elle applique encore son aveugle et disponible amour, ce réfugié polonais qui boit et chaparde dans sa cuisine, le père Colmiche dont le visage n'est plus qu'une plaie et qui attend la mort au soleil comme un chien galeux, toutes ces épaves qui préparent l'entrée du perroquet dans son cœur, comme elles éclairent Félicité, comme elles la rendent douce et touchante ! On passe trop vite sur ces petits épisodes du conte. C'est d'eux pourtant que vient cette lumière intérieure qui est sur le visage de Félicité, qui reste autour d'elle, opiniâtre, gracieuse, comme un timide et presque invisible nimbe. Et c'est pour cela qu'elle n'est pas ridicule avec son perroquet empaillé, avec sa dévotion fétichiste, avec son reposoir de vieille chaisière; il y a un discret reflet de saint Vincent de Paul sur cette âme gauche et presque murée, sur cette âme sourde-muette, mais douce, reposée, dans cet univers qu'elle s'est créé dans sa misère. Et si *Un Cœur simple* est le plus beau des trois contes de Flaubert, bien qu'il soit moins difficile, et, pour l'artiste, moins étincelant que les deux autres, c'est parce qu'il nous atteint par le charme qu'on attendrait le moins chez Flaubert, celui de l'attendrissement.

Dans *Hérodias,* au contraire, ce n'est plus un personnage qui est au centre du tableau, le sujet est un spectacle, un épisode : Flaubert nous fait assister à une journée historique, il montre des passions et des événements sur lesquels les acteurs du drame ont peu de prise. Celui qui décide ou paraît décider n'est qu'un administrateur, il louvoie, hésite, partagé entre sa peur de

ses protecteurs romains et la volonté sourde et
tenace d'Hérodias, manœuvré et se laissant arracher un ordre cruel qu'il donne à regret. Flaubert avoue lui-même qu'il a été intéressé par ce
croquis de vice-roi perplexe et lâche : « Ce qui
me séduit là-dedans, écrit-il, c'est la mine offi-
cielle d'Hérode (qui était un vrai préfet) et la
figure farouche d'Hérodias, une sorte de Cléopâtre et de Maintenon. » Il dit ailleurs : « la *vache-
rie* d'Hérode », terme qui, dans son langage,
signifiait la *veulerie* d'Hérode.

Le vrai personnage d'*Hérodias* est le peuple
juif, dont les contemporains de Flaubert, informés par les *best-sellers* de Renan, connaissaient
l'histoire infiniment mieux que les lecteurs de
notre temps. Ce paysage historique que Flaubert
ne laisse entrevoir que par allusions était plus
clair pour eux que pour nous. Moins avertis
qu'ils ne l'étaient, nous enregistrons aujourd'hui,
sans en démêler les causes, la susceptibilité de
Vitellius, ses soupçons, ses calculs. Le langage
elliptique de Flaubert nous présente comme un
fond sonore que nous percevons mal la rumeur
confuse des passions et des intérêts. Mais le
spectacle est sauvage et somptueux : le pano-
rama de Tibériade à l'horizon, l'alcazar de
Machaerous, les vociférations des docteurs de la
Loi, les étonnants pèlerins qui parcourent la
Judée et le bourreau long et simiesque qui
accompagne Hérode comme son ombre, tout
cela est un extraordinaire diorama historique
tout résonnant des bruits de l'Orient romain. On

voit des Juifs, peuple étrange, et le cortège de Vitellius, spectacle presque aussi éloigné de nous, on entend des rumeurs puis des cris, on aperçoit un campement arabe dans la vallée, et, sous le soleil, les tuiles du Temple qui brillent dans le lointain; et les pas des mercenaires retentissent sur les dalles. Il y a des dépôts d'armes dans des caves et dans des écuries souterraines de beaux coursiers blancs aussi précieux que les chevaux du soleil. Et trois scènes frappantes et belles émergent : Iokanann hurlant dans sa fosse grillée et lançant aux princes penchés sur son trou les malédictions des prophètes, puis le meeting des Juifs tournant à l'émeute avec les chamailleries et les grandes indignations des prêtres, et à la fin cet effroi et cette stupeur qui les saisit tous quand la tête du supplicié est portée devant eux. Tout cela ne fait pas toujours un spectacle cohérent, encore moins une action qu'on puisse suivre. A la fin, on ne comprend pas bien ce scrupule de pacha d'Orient qui impose à Hérode un meurtre étrange ordonné à regret. Mais on est sensible au mouvement, aux bruits, au grouillement, à la couleur : Flaubert voulait écrire une page d'histoire et, finalement, *Hérodias* est un tableau de Delacroix.

Le travail de l'écrivain

Flaubert a indiqué lui-même — ou nous savons par ses correspondants — comment il a ranimé pour chacun de ses trois contes un projet ou une image d'autrefois qu'il conservait dans ce que Proust appelle « l'atelier de sa mémoire ». *La Légende de saint Julien l'Hospitalier* qu'il écrivit d'abord, il avait voulu la raconter près de trente ans plus tôt. Maxime Du Camp raconte dans ses souvenirs que Flaubert avait vu en 1846 dans l'église de Caudebec-en-Caux une statuette de saint Julien qui lui donna l'idée de ce conte. Et, en effet, on trouve plusieurs mentions de ce projet dans les lettres que Flaubert écrivit un peu plus tard. C'est, toutefois, un vitrail de la cathédrale de Rouen qui raviva ce souvenir et fournit les principaux épisodes du récit. On le croit, parce que Flaubert l'affirme. Mais quand on examine ce vitrail qu'il a fait graver dans la première édition, on est perplexe. L'invention transfigure. Ces images d'abécédaire devinrent une page de missel. On ne les reconnaît guère sous la dalmatique que Flaubert a brodée.

L'idée d'*Un Cœur simple,* nous l'expliquerons plus loin, est également une idée que Flaubert avait notée sous un autre titre, mais à une époque qu'on ne peut préciser.

Enfin, *Hérodias* a été inspiré, dit-on, par un bas-relief de la cathédrale de Rouen que Flaubert connaissait depuis longtemps et qui représentait la danse irrésistible racontée par les Evangélistes. Salomé, dans ce bas-relief, avait l'air d'une contorsionniste de cirque et son exhibition paraissait sans danger pour les quadragénaires sanguins. Mais Flaubert revoyait, en regardant cette image naïve, une Salomé plus capiteuse, exubérante et lascive professionnelle qui avait dansé pour lui pendant son voyage sur le Nil et dont il rappela longtemps le souvenir avec délices.

Bien entendu, des lectures complétèrent ces souvenirs. Pour la *Légende de saint Julien,* Flaubert trouva des détails dans une monographie d'un antiquaire alençonnais, G.F.C. Lecointre-Dupont, dont les flaubertistes américains ont précisé l'apport [1]. Pour *Hérodias,* sa principale source de renseignements fut les évangiles de Marc et de Matthieu, qu'il compléta par des emprunts à Isaïe.

Ces renseignements traditionnels dans la présentation de toute œuvre littéraire sont toutefois moins importants que les informations contenues dans les dossiers de travail que Flaubert lui-même a conservés avec ses manuscrits.

L'élaboration de chacune des œuvres de Flaubert est, en effet, facile à décrire et impossible à exposer. Il avait une méthode de travail très particulière : il rédigeait d'abord un plan général de l'œuvre, puis un plan de chacune des parties,

1. *Cf.* en particulier *The Legendery Sources of Flaubert's « Saint Julien »,* Benjamin F. Bart et Robert F. Cook, Toronto University Press, 1977.

puis dans chaque partie un canevas de chacun des chapitres, et enfin pour chaque chapitre, un « scénario » qui indiquait les mouvements des scènes, esquissait les réactions, les réflexions ou les répliques : et ensuite, il *écrivait,* à peu près comme un peintre remplirait de couleurs un dessin dont toutes les parties sont déjà fixées sur la toile, cette dernière opération exigeant généralement de quatre à dix mises au point successives et parfois davantage.

La documentation dont nous disposons pour les *Trois Contes* est moins abondante que celle des autres œuvres parce qu'une partie semble en avoir été perdue. L'édition du Club de l'Honnête Homme qui donne l'ensemble le plus complet des plans et scénarios accessibles en 1972 ne présente que 83 scénarios, à savoir 24 pour *Un Cœur simple,* 5 pour la *Légende de saint Julien* et 54 pour *Hérodias.* Nous nous bornerons à suivre le travail de Flaubert dans la série la plus caractéristique, celle des plans et scénarios d'*Un Cœur simple*[1].

Le lecteur d'*Un Cœur simple* qui connaît un peu la biographie de Flaubert a naturellement l'impression que l'écrivain a voulu évoquer des souvenirs d'enfance et de jeunesse, en les donnant pour cadre à une histoire touchante qui n'est que l'occasion d'un retour vers le passé. Il n'est pas difficile de voir, en effet, que les lieux,

1. Les scénarios des *Trois Contes* publiés pour la première fois en appendice à l'édition des œuvres complètes de Flaubert au Club de l'Honnête Homme occupent dans cette édition les pp. 425 à 621 du tome IV.

les personnages secondaires, les promenades, les
incidents sont une transposition des années dis-
parues et une évocation nostalgique des prairies
de son enfance que Flaubert avait dû vendre
après le désastre de sa nièce chérie et de son
mari Commanville. Toute la partie du récit qui
se passe à Trouville a pour origine les vacances
que Flaubert et sa sœur Caroline passaient chaque année au village de pêcheurs qui portait
alors ce nom, chez la mère David, aubergiste de
L'Agneau d'or que Flaubert a gardée dans son
récit. En pensant aux jeux de Virginie et de son
frère, c'est à sa sœur et à lui-même qu'il pense, à
leurs bains sur la plage d'Hennequeville au-delà
des Roches Noires, à leurs promenades à âne
dans la lande. Virginie meurt jeune comme la
sœur de Flaubert, Caroline, et la douleur de
Mme Aubain est la douleur de Mme Flaubert
quand elle perdit cette fille si aimée. Les fermes
de Geffosses et de Toucques mentionnées au
passage dans ce conte avaient appartenu aux
Flaubert[1].

En réalité, ce n'est pas du tout une telle intention qui a guidé Flaubert dans le choix de son
sujet. Nous le savons par un plan primitif qui se

---

1. Un vieil oncle de Mme Aubain, le marquis de Grémanville, ennuyeux
et un peu parasite, est d'après un « conseiller de Crémanville » de la famille
maternelle de Flaubert, qui ne valait pas mieux, et il est vraisemblable que
des personnages épisodiques qui sont seulement nommés sont des habitants
de Trouville. Nous ne les connaissons que par ces mentions, que le mousse
mort aux Antilles de la fièvre jaune est le neveu d'un patron marinier qui
mourut de la fièvre jaune à La Havane et dont il est question dans la
Première Éducation sentimentale.

trouve dans les dossiers de Rouen et que Flaubert n'avait pas joint au recueil de ses scénarios
à la fin de son manuscrit. Ce plan est intitulé *Le
Perroquet,* nous n'en connaissons pas la date ni
l'origine[1]. Or ce plan ne fait aucune place aux
souvenirs de Flaubert, il ne mentionne ni Deauville, ni les vacances à Trouville, ni la maison de
Mme Aubain, ni rien de ce qu'on trouve aujour-
d'hui si nostalgique dans *Un Cœur simple.* Dans ce
premier scénario, il n'y a qu'un personnage en scène
qui est Félicité, il n'y a qu'une idée centrale, le
fétichisme de Félicité et la transposition mystique
de ce fétichisme, il n'y a qu'une seule scène :
celle du reposoir et de la mort de Félicité[2].

Donc, dans ce premier canevas, rien qui rappelle Trouville, rien qui oriente Flaubert vers ses
souvenirs. Or, la première série de plans et scénarios que Flaubert a jointe à son manuscrit part
de ce canevas originel et développe un premier
état du conte très différent de la version que
nous lisons aujourd'hui. Félicité est encore seule
en scène. Et Flaubert commence par une longue
description de Félicité, non pas dans la cuisine,
mais dans sa chambre, chapelle vénérable dans
laquelle sont entassées les reliques de toute sa

---

1. Publié dans sa version complète dans *O.C.* de Flaubert, Club de l'Honnête Homme, t. IV, p. 431.
2. Divisée en trois parties, la nouvelle comporte d'abord une présentation
de Félicité et du perroquet — « intérieur de la cuisine, perroquet, antécé-
dents du perroquet apporté par un neveu mousse », — puis une partie
centrale — « ses maîtres meurent, petite rente, va vivre dans un galetas, le
perroquet meurt » — et enfin la grande scène ! « Tristesse, empaillement,
elle lui parle mort, Fête-Dieu, reposoir, tableau, émotion trop forte, attaque,
à l'hôpital, vision mystique, son perroquet est le Saint-Esprit ! »

vie. Au centre de ce reliquaire, adoré comme un ostensoir, est disposé le perroquet. Le neveu Victor, Virginie et Paul existent comme donateurs dans ce premier chapitre, le nom de Mme Aubain apparaît, mais dans un ajouté. Dans ce nouveau départ, les souvenirs de Flaubert n'ont encore aucune place, le changement principal étant celui de la personnalité de Félicité qui, dans sa mansarde, entourée des reliques et emblèmes de ce qui fut sa vie sentimentale, est assez différente de la vieille fille sans passé du premier canevas, enfermée en tête-à-tête avec son perroquet.

Mais, tout de suite, dans les *remakes* qui suivent, Flaubert imagine un décor plus complexe. Les chambres de la maison, « les maîtres », « les enfants », sont cités pour la première fois. Le nom de Mme Aubain apparaît, mais en ajouté marginal qui n'indique rien d'autre que son bonnet à rubans. Mais, en revanche, la chambre de Félicité contient les souvenirs de toute sa vie et ces reliques nous donnent de sa vie une image bien plus complète que le portrait que nous lisons aujourd'hui.

Mais, à partir de ce moment, attirés par le bonnet à rubans de Mme Aubain, les souvenirs affluent. Flaubert commence une autre série de scénarios qui donnent au conte une tout autre direction. Désormais, sa nouvelle n'est plus l'histoire d'un personnage unique, ramant le long de ses souvenirs et dont la vie entraîne des bribes d'autres vies, c'est tout le tableau qui est

« cadré » autrement. On ne décrit plus la cuisine ou la mansarde de Félicité, mais « la maison de Mme Aubain », la servante n'est plus le personnage unique, mais le personnage central d'un groupe qui est inséparable de sa propre vie et la vie de Félicité se compose désormais non plus seulement de souvenirs, mais de ces vies mêmes, liées à la sienne, inséparables.

Ce changement de sujet mit à la disposition de Flaubert une matière imprévue au départ. Car, puisqu'il fallait inventer des « maîtres », reconstituer la vie de ce paquet de « maîtres » étranger au récit et surajouté par le développement même du sujet, on allait les prendre au plus près, dans l'enfance même de Flaubert. Si bien que ce ne sont pas les souvenirs d'enfance de Flaubert qui ont été à l'origine d'*Un Cœur simple,* comme on le dit souvent, mais le contraire : c'est *Un Cœur simple* qui a fourni à Flaubert l'occasion de puiser parmi ses souvenirs. Il lui fallait un groupe familial à photographier autour de Félicité : il a pensé à sa grand-tante. Puis à ses propres vacances, à lui-même et à sa sœur Caroline quand ils étaient enfants, à des maisons et à des paysages qu'il avait connus.

Cette transformation interne d'un sujet primitif est exceptionnelle chez Flaubert. Les 53 canevas ou scénarios d'*Hérodias* sont plus conformes à ses habitudes. Comme il s'agit d'une œuvre courte, ils nous permettent d'observer plus minutieusement que dans les dessins des romans le passage du canevas originel au texte définitif.

On constate alors que les additions marginales de chaque scénario, à mesure qu'elles sont intégrées dans un scénario postérieur plus complet, sont transformées en phrases, en répliques, en réflexions ou en gestes des personnages et que Flaubert aboutit ainsi pour chaque division du conte à une sorte de *premier jet* schématique qui n'est déjà plus un scénario et qui n'est pas tout à fait une première version du texte définitif.

A travers ces enrichissements des scénarios et les variantes des différents états du manuscrit, on s'aperçoit alors que la version finale du conte ne correspond pas seulement à un stade plus élaboré de la *visualisation* de la scène, mais surtout à la recherche d'une *tonalité* du récit à laquelle collaborent les incidents, les réflexions, les gestes des personnages, le décor et l'heure même de la scène. Ce *modelé* minutieux donne une *teinte* qui est celle que Flaubert recherche pour son récit, et, si l'on peut dire, il *pose* ou plutôt *maintient* la voix du conteur à un certain *diapason* qui est le style même que Flaubert veut donner à l'œuvre qu'il écrit, préoccupation qui n'est pas moins importante pour lui, croyons-nous, que l'euphonie des phrases.

Le livre et son public

La critique accueillit les *Trois Contes* beaucoup plus favorablement que *L'Education senti-*

mentale. Les éloges furent unanimes, à l'exception de Brunetière qui fut seul à percevoir l'*étrangeté* irréductible de Flaubert sous cette apparente perfection classique.

Voici quelques-unes des réactions des critiques contemporains de Flaubert.

FOURCAUD, dans *Le Gaulois* :

« Trois signes caractérisent l'écrivain : l'exactitude logique, le sens poétique et le goût — excessif parfois — de l'archéologie, et les qualités qui en dérivent, répandues sur son œuvre entière, se rencontrent ensemble et concentrés dans les *Trois Contes*. Qui connaît Flaubert le retrouve en entier et qui ne le connaît pas l'y apprend... Le style en est superbe, quoique, à mon gré, trop tendu et trop ennemi des répétitions de mots, ce qui l'obscurcit maintes fois. Les grandes images saisissantes y sont prodiguées et les descriptions étincellent d'une vie singulière. »

SAINT-VALRY, dans *La Patrie* :

« Admirable combinaison d'exactitude et de poésie, compréhension étonnante du vrai extérieur jointe à une pénétration exquise du sens intime et idéal des choses... »

THÉODORE DE BANVILLE, dans *Les Débats* :

« Ces contes sont trois chefs-d'œuvre absolus et parfaits, créés avec la puissance d'un poète sûr de son art et dont il ne faut parler qu'avec la respectueuse admiration due au génie. J'ai dit un poète et ce mot doit être pris dans son sens rigoureux : car le grand écrivain dont je parle ici a su conquérir une forme essentielle et définitive où chaque phrase, chaque mot ont leur raison d'être nécessaire et fatale et à laquelle il est impossible de rien changer non plus que dans une ode d'Horace ou une fable de La Fontaine. Il possède au plus haut degré l'intuition qui nous révèle les choses que personne n'a vues ni entendues; mais en même temps, il a tout étudié, il sait tout, ayant ainsi doublé l'inventeur qui est en lui d'un ouvrier impeccable; ainsi trouve-t-il toujours le mot juste, propre, décisif et peut-il tout peindre, même les époques et les figures les plus idéales, sans employer jamais le secours d'un verbe inutile ou d'un adjectif parasite. C'est là le dernier mot de l'art. »

EDOUARD DRUMONT, dans *La Liberté* :
« Je suis fort embarrassé, je l'avoue, de vous expliquer en quoi ces trois nouvelles sont des merveilles, de vous communiquer l'impression d'admiration que tous les lettrés ressentiront devant ces trois médailles si magnifiquement frappées, d'un fini si minutieux et en même temps d'une exécution si large, d'un dessin si élégant et si ferme à la fois... Un tempérament qui s'est dompté lui-même, une imagination qui a appris à se dominer, une langue d'une richesse inouïe, mais aussi d'une simplicité magistrale, tels sont les caractères de ce volume à propos

duquel on peut hardiment prononcer le mot de perfection. »

Jules Lemaitre, dans la *Revue bleue* :
· « *La Légende de saint Julien* est un joyau gothique d'une rare perfection. C'est du Moyen Age cuit patiemment avec une lampe d'émailleur, non barbouillé avec fougue comme on faisait vers 1830. Julien, parricide et saint, avec son amour du sang et son amour de Dieu, symbolise à merveille le Moyen Age violent et mystique... Le style, comme dans *Salammbô* et dans *Saint Antoine,* a des brièvetés et des reliefs saisissants dans ses contours accusés et qui, réellement, émeut tous les sens à la fois ou tour à tour, d'une manière troublante, comme si les mots vivaient d'une vie animale. Ecrire et voir comme voit Gustave Flaubert et comme il écrit, cela peut sembler dur et mal plaisant aux cœurs sensibles; ils reconnaîtront au moins pour employer un mot dont on abuse que cela est fort et peut-être unique. »

Les critiques du XXᵉ siècle se sont presque tous joints aux éloges qui lui avaient été décernés. On en trouvera un témoignage dans ces lignes d'Albert Thibaudet consacrées à la *Légende de saint Julien* : « Il n'y a peut-être pas dans la prose française de narration plus nourrie, plus ample et mieux tenue que celle de *Saint Julien.* Il semble que Flaubert l'ait écrite dans un état de grâce... »

Les *Trois Contes*, toutefois, par leur caractère même, n'ont pas provoqué, de la part des théoriciens du « nouveau roman », des références aussi nombreuses que *L'Education sentimentale* ou *Madame Bovary*. Il fut admis tacitement qu'ils représentaient, dans l'œuvre de Flaubert, une tentative marginale qui ne concernait pas directement l'art du romancier. Dans un petit livre publié en 1970 et présentant quatorze jugements de critiques de notre temps consacrés à l'œuvre de Flaubert, Mme Debray-Genette ne cite qu'un seul titre se rapportant aux *Trois Contes*. Seule, la *Légende de saint Julien* fait exception. Elle a provoqué des commentaires de nos contemporains dont le plus singulier est celui de Jean-Paul Sartre dans *L'Idiot de la famille*, et le plus pénétrant celui de Victor Brombert, qui écrivait en 1966 : « Ce conte très simple que Flaubert prétend avoir écrit pour se délasser, mais qu'il désigne lui-même comme « effervescent », est en réalité, dans sa perfection artistique même, l'un de ses textes les plus tourmentés. La part de cruauté et de spiritualité, les éléments pathologiques, ce que l'on y découvre des aspects les plus inquiétants de son tempérament, comme l'agencement pardoxal des thèmes, font de cette version de la légende d'un saint mineur l'un des ouvrages les plus personnels de Flaubert. »

Jean-Paul Sartre pensait, lui, que Flaubert s'était pris pour un saint et qu'il racontait dans

la *Légende* ses rêves et sa soif du martyre. C'est
une lecture bien aventureuse.

Phrases clefs — Pensées principales

On ne trouve pas dans les *Trois Contes* ou
dans les autres romans de Flaubert, des phrases
clefs ou des pensées exprimant l'attitude de
Flaubert à l'égard de la création littéraire. Les
formules qu'on cite le plus souvent sont tirées de
sa correspondance et non de ses livres. Nous les
rappelons brièvement :

— Sur l'impersonnalité de l'écrivain : lettre à
George Sand (décembre 1871) : « Mes convic-
tions m'étouffent, j'éclate de colère et d'indignation rentrées : mais dans l'idéal que j'ai de l'art,
je crois qu'on ne doit rien montrer des siennes
et que l'artiste ne doit pas plus apparaître dans
son œuvre que Dieu dans la nature. L'homme
n'est rien, l'œuvre est tout. »

— Sur l'importance de l'autosuggestion dans
la création littéraire : lettre à Jules Duplan du
25 septembre 1861 à propos de *Madame
Bovary* : « L'empoisonnement de la Bovary
m'avait fait dégueuler dans mon pot de
chambre. » Même phrase quand il prépare *Hérodias*. Dans une lettre du 17 août 1876 à sa nièce
Caroline : « *Je vois* (nettement, comme je vois la
Seine) la surface de la mer Morte scintiller au
soleil... » Et plus loin, quand il écrit la fin

d'*Hérodias* : « J'ai besoin de contempler une tête fraîchement coupée. »

— Sur les effets *symphoniques* recherchés par Flaubert, cette confidence dans une lettre à George Sand de septembre 1853 : « *Il faut que ça hurle par l'ensemble,* qu'on entende à la fois des beuglements de taureaux, des soupirs d'amour et des phrases d'administrateur. Il y a du soleil sur tout cela et des coups de vent qui font remuer de grands bonnets. »

— Sur l'*euphonie* du style, les phrases long-temps travaillées pour leur harmonie et lues à voix haute dans ce que Flaubert appelait son « gueuloir », cette déclaration catégorique à George Sand dans une lettre du 14 mars 1876 : « L'arrondissement de la phrase n'est rien. » C'est une *tonalité* que cherche Flaubert, des effets d'ensemble. « La prose doit se tenir droite d'un bout à l'autre comme un mur portant son ornementation jusque dans ses fondements et que dans la perfection, ça fasse une grande ligne unie. » (Lettre à Louise Colet du 2 juillet 1853.) Et ailleurs : « Je veux faire des livres à grandes murailles. » (A la même, 7 septembre 1853.)

Les phrases célèbres de Flaubert, qui restent dans toutes les mémoires, sont pourtant des phrases dont le rythme et la ligne mélodique atteignent la sensibilité musicale du lecteur. Marcel Proust admirait leur mouvement simple en trois temps liés et harmonieux. La première phrase de *Salammbô* : « C'était à Mégara, faubourg de Carthage, dans les jardins d'Hamilcar. » La première phrase de la *Légende de saint Julien* : « Le père et la mère de Julien habitaient un château, au milieu des bois, sur la pente d'une colline. » Et la phrase admirable de *Salammbô*, si souvent citée : « Les Latins se désolaient de ne pas recueillir leurs cendres dans les urnes; les Nomades regrettaient la chaleur du sable où les corps se momifient; *et les Celtes, trois pierres brutes, sous un ciel pluvieux, au fond d'un golfe plein d'îlots.* »

Biobibliographie

1821-1837 — ENFANCE, ADOLESCENCE

1821 *12 décembre.* — Naissance de Gustave Flaubert à l'hôtel-Dieu de Rouen. Son frère Achille, né en février 1813, a huit ans de plus que lui. Sa sœur Caroline, née en juillet 1824, a trois ans de moins que lui. C'est sa confidente et sa compagne de jeux.

  Gustave Flaubert, avec sa sœur et ses amis, organise un petit théâtre dans la salle de billard de son père et joue des comédies de sa composition.

1832 *Février.* — Il entre comme interne en classe de 8ᵉ au Collège Royal de Rouen. Externe à partir d'octobre 1838. Vive amitié pour le petit Ernest Chevalier.

  En classe de 5ᵉ, il fait connaissance avec Louis Bouilhet.

1835 Premiers travaux littéraires : contes, récits historiques. Gustave Flaubert rédige avec ses amis un petit journal littéraire, *Art et Progrès*. Subit l'influence de son mentor littéraire, Alfred Le Poittevin : romantisme, désespoir, goût du macabre. Fureur contre le siècle d'iniquité.

1836 Aux vacances d'été à Trouville, rencontre d'Elisa Schlesinger, vingt-six ans, un enfant, femme de l'éditeur de musique Maurice Schlesinger. Passion d'adolescent qui lui inspire sa première œuvre autobiographique, *Novembre*.

1838-1844 — Oeuvres de jeunesse. Attaque

1839 Première œuvre de jeunesse importante, *Mémoires d'un fou*. Première esquisse d'une *Tentation de saint Antoine*. Flaubert quitte le collège. Baccalauréat. Voyage aux Pyrénées, en Provence et en Corse. Gustave Flaubert trouve à Marseille sa première maîtresse, Eulalie Foucauld de Langlade.

1841 Flaubert s'inscrit à la faculté de droit à Paris, mais continue à habiter Rouen.

1842 En novembre, installation à Paris. Ennui du droit. Nouvelle amitié ardente : Maxime Du Camp.

1843 Flaubert commence sa première *Education*

sentimentale, échoue à ses examens de droit.

1844 *Janvier.* — Attaque grave survenue brutalement en cabriolet sur la route de Pont-L'Evêque. Flaubert, condamné au repos, renonce au droit. Se soigne à Rouen. Commencement de sa vie recluse consacrée à la littérature.

1845-1851 — Voyages, lectures, oeuvres de jeunesse.

1845 *Janvier.* — Fin de la première *Education sentimentale* qui se termine par un manifeste sur la fonction de l'écrivain. Mariage de Caroline. Projet d'un grand conte philosophique oriental sur le sens de la vie : *Les sept fils du derviche.*

1846 *Janvier.* — Mort du docteur Flaubert.
Février. — Naissance de la nièce de Flaubert, la petite Caroline, fille de sa sœur, mais la sœur de Flaubert meurt d'une fièvre puerpérale. C'est Flaubert qui, désormais, s'occupera de Caroline qu'il regarde comme sa fille. Installation de Flaubert à Croisset avec sa mère. Commencement de la liaison de Gustave Flaubert avec Louise Colet.

1847 *Mai-juillet.* — Voyage à pied en Bretagne avec Maxime Du Camp. Rédaction en commun de *Par les champs et par les grè-*

ves qui restera longtemps inédit.
Septembre : nouvelle crise nerveuse.

1848 *Mars.* — Rupture (temporaire) avec Louise Colet. Mort d'Alfred Le Poittevin. Gustave Flaubert commence la première version de *La Tentation de saint Antoine*. *Septembre* : lecture de *La Tentation de saint Antoine* devant Maxime Du Camp et Bouilhet qui condamnent l'œuvre et suggèrent à Flaubert d'écrire un « roman de mœurs », à la manière de Balzac, en racontant l'histoire du docteur Delamare et de sa femme. *Novembre* : commencement du voyage en Orient de Gustave Flaubert et de Maxime Du Camp.

1850 Voyage en Orient : Egypte, Haute-Egypte, Liban, Syrie, Palestine, Rhodes, Constantinople, Athènes.

1851 Suite du voyage en Orient : Grèce, Italie du Sud, Rome, Florence et Venise. Retour par Cologne et Bruxelles. *Juin* : Gustave Flaubert se réinstalle à Croisset, renoue avec Louise Colet. *19 septembre* : il commence la rédaction de *Madame Bovary*.

1852-1869 — LES GRANDS ROMANS

1852-1855 Rédaction de *Madame Bovary*. Rupture avec Louise Colet en octobre 1854. Liaison avec Juliet Herbert, institutrice

anglaise de la petite Caroline. Hiver
1855-1856 à Paris.

1856 Publication de *Madame Bovary* dans la
Revue de Paris, puis en librairie. Procès de
Flaubert inculpé « d'offense à la morale
publique et à la religion ». Acquittement :
janvier-février 1857.

Pendant cette période, éloignement de
Maxime Du Camp. Louis Bouilhet de-
vient le confident et le familier de Flaubert.

1858 Période mondaine. Voyage en Tunisie
pour préparer *Salammbô.*

1859-1862 Rédaction de *Salammbô.* Hiver
1859-1860 à Paris. Ensuite, Flaubert s'en-
ferme de plus en plus à Croisset. En
novembre, publication de *Salammbô.*
Rédaction du *Château des cœurs,* une
« féerie » à sens social, en collaboration
avec Louis Bouilhet.

1863 Nouvelle période mondaine dans l'hiver
1862-1863. Flaubert protégé de la princesse Mathilde. Saison à Vichy.

1864 Hiver à Paris. Mariage de la nièce de
Flaubert, Caroline, avec un négociant en
bois, Ernest Commanville. *Septembre* :
début de la rédaction de *L'Education sentimentale.*

1865-1869 Rédaction de *L'Education sentimentale.* Pendant cette période, hiver et printemps à Paris, le reste de l'année à Croisset. Invitation à Compiègne et au bal des
Tuileries à l'occasion de la visite de souve-

rains étrangers. Le reste de l'année à Croisset. Toujours l'amitié fidèle de Louis Bouilhet. Fin de *L'Education sentimentale* en mars 1869.

1869-1875 — LES ANNÉES D'ÉPREUVES

1869 *Juillet.* — Mort de Louis Bouilhet. Echec de *L'Education sentimentale*. Mauvaise santé. Inquiétude sur les affaires des Commanville. La guerre. Sedan. Ecroulement de l'Empire. *Novembre.* — Les Prussiens occupent Croisset.

1871 Flaubert se réinstalle à Croisset, essaie de se remettre au travail, termine la troisième version de *La Tentation de saint Antoine*. Aggravation de la situation des Commanville. *Avril.* — Mort de la mère de Flaubert. Séjour médical à Bagnères-de-Luchon. Echec au théâtre avec *Le Sexe faible* et *Le Candidat*. Echec des Commanville dans leur recherche de capitaux. Publication et échec de *La Tentation de saint Antoine*. Amitié d'Edmond Laporte, nouveau confident de Flaubert.

1875 Difficultés d'argent, économies, Flaubert renonce à son appartement de Paris. Déconfiture des Commanville. Flaubert doit vendre sa ferme et ses terrains de Deauville pour sauver Caroline de la faillite et de la misère. Epuisé, il se réfugie à

Concarneau pour se reposer. Il commence
La Légende de saint Julien l'Hospitalier.

1876-1880 — Dernières années

1876 *Un Cœur simple.* Mort de George Sand,
une des dernières amitiés de Flaubert.

1877 *Hérodias.* Publication des *Trois Contes.*
Flaubert travaille à *Bouvard et Pécuchet,*
projet ancien, conçu en même temps que
le *Dictionnaire des idées reçues* comme
satire de la bêtise contemporaine. Autre
projet : *Sous Napoléon III,* grand roman
décrivant la société du Second Empire.

1878 Flaubert travaille à *Bouvard et Pécuchet.*
Jaunisse inquiétante à la fin de l'année.

1879 Accident, fracture du péroné, gêne finan-
cière. Rupture avec Edmond Laporte.

1880 Nouveaux ennuis d'argent. Grand dîner
donné à Pâques à Zola, Daudet, Goncourt,
Maupassant. Le 5 mai, congestion céré-
brale. Flaubert meurt le 8 mai.

On trouvera une bibliographie très complète
sur Flaubert dans un article de A.W Raitt, *Etat
présent des études sur Flaubert,* publié dans *L'In-
formation littéraire,* 1982, n° 5 et 1983, n° 1.

TABLE

« Composition réalisée en ordinateur par IOTA »

IMPRIMÉ EN FRANCE PAR BRODARD ET TAUPIN
Usine de La Flèche (Sarthe).
LIBRAIRIE GÉNÉRALE FRANÇAISE - 6, rue Pierre-Sarrazin - 75006 Paris.

ISBN : 2 - 253 - 01179 - 7 ⬥ 30/1958/5